受け手のいない祈り

朝比奈秋

新潮社

受け手のいない祈り

受け手のいない祈り

1

「でもさぁ、ああいう風に死ぬときって、体に前兆っていうか。それか、直感とか予感みたいなものって、ないんかな」

沈痛だった岡田の声色が一転して素朴なものにかわって、

「さすがに前日とか。それか数時間前にはさぁ」

電話口から疑問を投げかけられても、私はこっそりと咀嚼《そしゃく》を続けた。顎を動かすたびに唾液がだくだく出てきて、ほんのり甘くなってくる米の味を噛みしめる。飲みこむと、緩くたるんだ息がもれた。

「ヤナザキだって、死ぬ予想くらいはしてたやろう?」

残り半分になったおにぎりを見つめた。八時間ほど前に食堂で買ったものだった。食べる時間もなくデスクに置かれているあいだに、ぱりっと巻かれた磯のりは米の水分を吸いきってしなしなになっている。

「なぁ、きいてる?」

「きいてるきいてる」

惜しみながらも我慢できず、おにぎりをまるまる口へ放りこんだ。磯のりの塩味にじんわりと唾液が滲みでる。学生時代から十年以上の付き合いの友人が死んだと聞いても、食欲が止まらない。一口嚙めば、その度に唾液が分泌されていく。

「それか、死ぬとは思ってなかったんか。……おまえ、もしかしてなんか食べてる？」

岡田の呆れた声にうろたえ、口の中のおにぎりを無理やり飲みこんだ。

「どうやろうなぁ。わからん。あんな死にかたの人と出会ったことないし、調べてもどこにも載ってない」

誤魔化すようにとっさに思いついたことを口にしていく。

「たしかに。あんなん、噂でしかきいたことない」

「知り合いの知り合いが、っていうのはあるけどなぁ」

そう続けると、岡田は思うことがあったのか黙りこんだ。

どちらも話さなくなって、静かな存在感だけが電話越しに伝わってくる。そのせいで先ほど自分が口にした「あんな死にかた」という音の揺らぎが、今度は自分の体に戻ってきて、胸に響きなおしてきた。

たしかに今まで多くの人間がいろいろな理由で目の前で亡くなっていったが、今回のようなものには出くわしたことがなかった。死んでいく人間は誰しもが横たわっていた。しかし、ヤナザキはそうではなかったらしい。

背骨を立てたまま死ぬ。そんな彼女の死にかたが胸へと染みいってくると、胸の真ん中にしこりのような塊を感じる。米の塊。先ほど丸呑みしたおにぎりがつっかえていた。あわてて飲みこんだから、それなりの大きさのままで喉は越えても食道でとどまっている。

口に何も入ってないのに湧いてくる唾液を何度も飲みくだしていくと、塊も徐々に胸を下がっていく。みぞおちあたりでしばらく停止してから、胃にすとんと落ちた。臍《へそ》のあたりに重みが生まれる。重みのある満足感と同時に、ヤナザキが死んだ、という実感が腹の底から湧きあがってきた。

「ああいう風には死にたくない」

口からこぼれたのは、彼女への追悼の言葉ではなく、嫌悪感だった。

「もっと楽な死にかたがいい」

さらにそう付け加えて私は立ち上がった。

「誰だってそうやろ。ただな、」

岡田も胸につっかえていた何かがとれたように話しはじめる。

何がどうなれば背骨を立てたまま死に至るのか、詳しい状況を知りたかった。しかし、まずは腹に充実をもたらす何かが必要だ。

食べ物がないかデスクを見渡した時、誰かの気配がした。周囲を見回しても、病院の三階にあるこの外科医局には誰もいない。ふと顔を窓に向けると、医局の外から蒼白い顔が部屋の中をまっすぐ見つめている。

真っ暗な窓の外にふわりと浮かぶ、何者かの死顔。霊感のない自分が人生で初めてみたそれは、ヤナザキのものではなかった。そもそも、彼女に祟《たた》られる覚えはない。記憶にないこの若い女性の死顔は、今まで自分の前で死んでいった人間たちの誰かに違いなかった。

今になって、死んだ人間が見えるようになったのは「過労死やって。あぁ、ヤナザキ、かわいそうに。惨めな死にかた」と電話口でしきりに呟いてくる岡田のせいかもしれない。

窓の外に浮かぶ亡者はまるで表情がなくて、善いものでも悪いものでもないと決めつけた。どちらにしろ、身体をもたないものができることなど知れている。こちらとしても坊主でもないから、してやれることは何一つない。死顔から、私はそらぞらしく目を逸らした。

「葬式は内々で済ますらしいけど」

まるで岡田もその死顔を見たかのように、電話口の声が醒めた事務的なものになる。

「ヤナザキのお母さんがな、学生時代の友人なら娘も喜ぶだろうから、よかったら来てあげて、って」

母親の要望を伝えると、電話の向こうでがさごそと動く音がする。

「おれ、仕事抜けれそうやから行くわ。明後日な。ああ、もう明日か。もう十二時こえてるな」

話しこむ事柄《ことがら》も気力もなく、

「おれも行けたら行く。告別式でまた話そか」

私は突然の訃報を余韻なく切った。

十一月に入るなり冷えこみ、暖房のきいた部屋の中でも床から冷気があがってきて、医療用のクロックスで嵩上《かさあ》げした足裏をチクチクと刺してくる。

医大時代の友人が三十歳を過ぎたばかりで夭折《ようせつ》したというのに、私は食べ物を求めてデスクの物色をはじめる。一番上の引き出しにお土産の飴を見つけると、さっそく口に含んでクロックスを脱いだ。足裏を手で擦《こす》って、冷えた皮膚を温める。

時計は十二時三分を指していた。首を外に向けると、窓には書類で埋もれたデスクと空っぽのイスが黒々と映っている。先ほど窓の外からのぞきこんでいた誰かの死顔は消え失せていて、別の新しい顔に変わっている。窓に映る自分の顔に指を伸ばした。水垢だと思って窓ガラスを擦ってみると、それは頬に薄っすらと生えだした髭だった。そのせいでガラスに映った頬は死人のように蒼かった。

数か月前に買いだめしたカップ麺が家の台所の棚に残っているかもしれない、と白衣の胸ポケットからPHSを出して充電器に置いた。途端に遠くから、足音が勢いよく近づいてきて、ドアが騒がしく開いた。

「誰か残ってる？　んっ、しきしまくーん、いる？　はまなか君は？」

荒れた息とばたついた足音が休憩室を通り過ぎてデスクに迫ってくる。空気を呑みこむ癖よりも、今は押しつけるような話しかたが耳につく。苦々しくマスクを顎から引きあげ、デスクから顔を出した。

「きみかわぁ、おまえ、まだ残ってたか」

遠山がこちらに顔を向けるが、外斜視が強く入った右目は常に真横を向いていて、今も給湯室を睨んでいる。

「しばらく、んっ。これ預かっといて」

遠山は救急用のＰＨＳを私に向かって差しだした。

「はぁ」

戸惑って伸びきらない掌に、

「今、病棟でＣＰＡ」

遠山は入院患者の心肺が突然止まったことを説明しながら、角が剝げて銀色になったＰＨＳを押しつけてきた。

「あの、奥内《おくうち》は？」

「心マのまっただ中だよっ」

遠山が踵《きびす》を返し、ドアへと振り返る途中、給湯室を見ていた遠山の右目と視線がかち合って、ドッ、ドックン。私の心臓がリズム外の脈を一つ余計に打った。荒らげた足取りで、遠山は医局から出ていった。

今夜は救急当番ではない。それでも誰かの心臓が止まっていると言われれば、自分の心臓が止まっていない限り断る理由など存在しない。医局に掲げられた院是の『誰の命も見捨てない』を見上げて、救急ＰＨＳを胸ポケットにしまった。

遠山のデスクから単包のビスケットを一つ盗んで口に放りこむ。すぐに口の中の水分が取られて、冷蔵庫の前に屈みこんだ。中には製薬会社の差し入れ弁当が一つ未開封で残っていて、中段を丸ごと占めている。弁当の上には350mlの玉露が横倒しでのっかっていた。奥内が夜食にとっておいたものだった。

数時間前に開けたばかりの、2Lのポカリスエットはもう空だった。今、病棟で奥内の患者の心臓が止まっている。救急処置がうまくいってもいかなくても、手が離れるまでは一時間はかかる。

私は奥内の弁当を取りだしてレンジに突っこみ、玉露のペットボトルに口をつけた。その瞬間、ドアが開いた。なだれこんでくる茶葉の香りを開き直って飲みくだすと、入ってきたのは敷島だった。無関心な足取りで後ろを通り過ぎていき、デスクにつく音がすると、急に静かになった。しんとした部屋の雰囲気に自然と耳が空調に傾いて、送風音に不穏な波が紛れこんでいることに感づいた。私は胸ポケットからPHSを素早く抜き出し液晶を確認する。時刻が表示されているだけで、不在着信も浮き出ていない。それなら運ばれてくるのは外科ではなく他科の患者だろう、と安堵の息を吐いて玉露を飲み干した。

空調のうねりは徐々に大きくなり、やがて送風音から独立して明瞭なサイレン音になった。振り返って窓の外をのぞくと、救急車の回転灯で田圃《たんぼ》が赤く浮かびあがっては闇に消えていく。サイレン音は病院に近づくと止み、そろそろと近づくエンジン音のみになる。すぐに先ほどの静寂が戻ってきたところで、チーン。電子音が異様に響いた。

レンジを開けると、弁当の端から薄い蒸気が立っている。木目模様の蓋をはずすと、白い越前和紙から隙間なく詰まったおかずが透けて見える。蓋に貼られた紙には気品のある書体で品書きが記されているが、読めない漢字ばかりだ。

柿蕪砧巻、虹鱒小菊寿司、赤皮大根、焼き胡麻豆腐、相州黒毛和牛柔煮、京海老芋茶巾、垣餅揚げ、淡雪衣のチキン竜田、鯖の幽庵焼き、銀杏茗荷御飯、唐墨粉。

病院に就職して、この世に一万円を超える弁当が存在することを知った。これも大阪市内にある、どこかの料亭弁当に違いない。最近は難読漢字でもつばが出てくるようになった。

胡麻豆腐、ご飯、チキン、ご飯、鯖、ご飯と噛んでいる途中から飲みこんでいく。旺盛な食欲のせいで、口の中に入れるなりすぐに飲みこんでしまう。喉に食べ物が通るたびに満足感が込みあげてくる。

半分ほど平らげたところでようやく食欲が静まり、逸《はや》っていた箸が落ち着きを取り戻す。空のペットボトルに水道水を注いでいると、左胸がぶぶぶと震えた。救急用のＰＨＳの液晶に〈内科小谷《こたに》〉が浮かんでいる。

「はい、外科公河《きみかわ》です」

「あれ？」

一呼吸あいて嬉しそうな声が返ってくる。

「今日の当番って、遠山先生じゃないの？」

「急変対応中。病棟で、誰か心臓止まってるらしい。用件伝えよか？」

「公河でいいよ。さっき来た急患がな」

「ウォークイン？」

「いや、さっき救急車で来た患者」

「あぁ、あれ内科か」

「そう。その患者のな、腸がな、はまってる。どうやってもさ、出てきそうになくて」

ジャングルのほら穴に片脚を突っこんで、そこに巣くうアナコンダでも誘いだすかのように「腸、引きずりだしてもらえない?」と小谷は頼んできた。

私は弁当に目を残しながら医局を出た。関係者以外立ち入り禁止、と書かれた非常階段のドアを押し抜け、下っていく。一段と冷えた空気の中を自分の足音が上下に吹き抜け、響いていった。

頭の中では、自分の右脚を太腿まで丸呑みするアナコンダの映像が巡り続けている。足音の気《き》忙《ぜわ》しさに立ち止まった。心臓が止まったわけでもない。腸がはまっただけ。そう自分に言い聞かせて、一歩一歩ゆっくりと階段を降りていった。

一階の救急待合へ出ると、正面の半透明のシートから患者たちが透けている。流行りの感染症のための隔離室に、かなりの数の人間がうなだれて座っていた。シートを隔てても苦しそうな息切れがもれ聞こえてくる。

自分の番が来たかと何人かが上ずった視線を投げかけてきたが、コロナは内科と無視を決めて救急室へ駆けていった。

ドアを開けると、気圧の風が顔に吹きつける。救急室の中は暖かかった。その左隅で柔和な童顔が振り返った。

「ほら、はまってる」

小谷が指さすと、モニターの光で上品な爪が白く瞬く。ＣＴ画像にはがっちりとはまった小腸が映っていた。

「山脇さん、外科の公河です」

隣のベッドで横になっている男に声をかけた。何を訊《たず》ねても、細面《ほそおもて》の男は無言だった。両手を頭の後ろで組んだまま、天井を睨《にら》んでいる。

「受け入れ先がすぐに見つからなくて」

小谷は人の良さそうな口ぶりで、

「待ちくたびれちゃったって」

山脇が救急車の中で三時間ほど待たされたこと、高速道路に乗った時に車酔いしてしまったことをつらつらと語る。実際、カルテに書かれた住所は、普段は送られてくることのない隣の医療圏のものだった。

私は検査の結果を事務的に説明しながら、エコーのプローブを持った。男の腹には拡張した毛細血管が赤い点々になって散在し、臍の下には薄茶色のシミが地図状に広がっている。

「山脇さーん、今からその重なった腸をほどいてみますね？」

ゼリーを無言の腹に垂れ流して、プローブをたるんだ皮膚に押しやった。モニター画面には陽《かげ》炎《ろう》のように白く内臓が浮かび上がってくる。南海の珊瑚のような腎杯《じんぱい》、密につまった肝臓を枝分かれして貫く門脈、三時間分の尿で拡張した膀胱《ぼうこう》、楕円に膨らんだ胆囊《たんのう》には小さな石が数条の影を引いていた。

腹の中央を映すと、画面に小腸が白黒のうねりになって浮かびあがってくる。下腹部へとスライドしていくと、ますますうねりは激しくなった。アフリカ大陸のような薄茶色のシミまでプローブを下げると、ラグビーボールに似た楕円形が中央に映りこむ。小腸が下流の小腸にはまりこんで膨れ上がったものだった。

「あったあった」

小谷の声を背中に浴びる。無理やり押しこまれたストローの蛇腹のように重なってめりこんだ小腸は、王冠を被った月のように黒く丸い。

「山脇さん、ほら。ここ、はまってるでしょう」

小谷の声かけにも返事はない。腹を手で押すと他の小腸はうねうねと揺れ動き、一部は画面から消え、代わりに大腸や太い血管が映りこむ。それでも、重なった小腸はその場で揺れるだけでほどける兆しはまるでない。自らの腸で絞めあげられている部分は、もう鬱血して腐りはじめているかもしれなかった。

「整復できそうにないな」

そう呟いたが、小谷から返事はない。

「今夜の当番、おしつけられた？」

看護師の津久井が真後ろで野次馬をしていた。髪は今日も後ろできつく纏《まと》められている。小谷はどこにも見当たらず、どこかから患者を診察するやわらかい声だけが聞こえてくる。

「いや。急変が落ち着く間だけ」

津久井がそっと近くに寄ってくると、滅菌された綿の匂いがした。

「どうせ、ほどけないでしょ?」

津久井の囁《ささや》きに首を縦に振って応じたものの、手では腹を揺すってしまう。

「さ、いろいろ準備しないと」

津久井はそそくさと離れていった。私はプローブを片手に、PHSで敷島の名前を呼びだした。

「公河です。今よろしいですか? さきほど到着した救急患者です。五十三歳男性の腸重積。癌などは認めません。用手解除はできそうにないです。CTでは」

「今から行く」

切れたPHSを胸ポケットにしまい、カルテを打とうとするうちにドアが開いた。

会釈しても敷島は反応せず、まっすぐ山脇の真横にやってくると、プローブを拾って山脇の腹に押し当てる。左手で腹越しに小腸を探ると、真っ黒だった画面は再び揺れる内臓で慌ただしくなった。

「あっ」

小腸は自身の腸に窒息するように埋もれている。先ほどより深く重なっていた。

「どうした」

そんな姿に目を奪われて、息が止まっていた。エコー画面から目をそらして、息継ぎをする。

「いえ……別に」

一息ついてから、また画面に目をやった。やはり、深く重なって膨らんだ小腸が映っている。

出よう出ようとしているが、もう引き返せない一線を越えてしまって、そこからはもがけばもがくほど深く嵌《はま》っていってしまう。じわじわと自らにめりこんでいく小腸はそういった風に見えた。

敷島はエコーを左手に持ちかえて、右手の指で下腹部を探る。ちょうど、膨らんだ小腸の上あたりに来た時、ゆっくりかつ力強く、指をめりこませていった。

「痛い痛い痛い」

山脇が身を捩《よじ》って喘《あえ》いだ。その高音に首を撫でられたような心地がして、おもわず肩をすくめた。敷島は何も聞こえていないかのように画面を凝視したまま、指を微妙に動かしていく。

「痛い痛い、痛いっ」

丸く膨らんだ小腸は腹越しに圧迫され、双子の卵のように真ん中をへこませて、たわむ。敷島が説得するように指を揺すっても、割れそうになりながら揺れるだけで、頑《かたく》なに小腸は重なったままにある。敷島が手を緩めると、小腸は楕円形に戻りながら、むしろさらに深くはまっていった。

「手術になる。公河、遠山先生に電話」

敷島が指を腹から抜くと、山脇の安堵の息が漏れる。私はカルテを記載しながら、遠山を呼びだした。

「内科からコンサルトされた救急患者で、五十三歳の腸重積です。はまった腸は整復できなかったので手術になります」

「待てるだろ？」

「えっ。いつまでですか？」

「朝まで、引っ張れるだろ？」

「いやぁ。朝まではとても」

「こっちのほうが手が離せない。こっちの患者は、んっ。いま止まった心臓が戻ったばっかりだ。そっちは腸がはまっただけだろ。引っ張れ引っ張れ。抗生剤と痛み止め流して、朝まで引っ張れ。それとも、一人でオペするつもり？」

「敷島先生います」

「あぁ、しきしま君が残ってたかぁ。暗いうちにオペして。朝のオペには絶対回すな」

ドアが開く音と同時に、敷島が救急室を出ていく。電話が切れて、私も救急室を飛びでた。隔離室のシート越しに幽霊のような白衣姿が透けている。防護服を着た小谷が患者の喉をのぞいていた。ひんやりとした待合の空気に寒気がする。

隔離室の中にはさらにマスク姿の人間が増えていて、期待の眼差しを向けてくる。私は視線を外して小走りした。十メートル先の開いたエレベーターに乗りこむと、同時に扉が閉まった。息が切れて、なかなか収まらない。膝に手をついて、顔だけをあげた。

「こんな深夜に、すぐオペしてくれるところ、このあたりじゃあ、ここしかないですよね」

敷島はエレベーターボタンの「閉」から手を引く。

「あの患者、隣の県から来たんですよ。ふぅ、高速に乗って」

朝の六時半から休みなく働いた疲れがどっと出てくる。先月の残業時間は百時間を超えた。最後の休日は何か月前か思い出せない。

「どこの病院にも断られたから、お願いしますって。聞いたことない消防署の救急隊でしたね」

「そうか」

「県立の救急センターにも断られたって。大学から外科医派遣してもらってるくせに、あそこって少しさぼりすぎじゃないですか？」

敷島はエレベーターボタンにまっすぐ向いている。

「うちのまちも市立病院は救急、撤退したし。医療センターも、最近は受け入れ渋いでしょう。バイタル安定した急患は平気で断ってるみたいですから」

敷島の視界に入るように体を傾けた。

「それにセンターは受け入れても、点滴繋いだまま朝方まで待たせるらしいですよ」

「そうか」

「あの患者、無愛想な奴でしたね。朝までほっときます？　点滴に抗生剤と痛み止めだけ流して」

私は首にかけた聴診器を両手で握りしめた。

「腹が腐る」

敷島の前を向いたままの声に「そうですよね」と力なく返した。

手洗いをすまして手術室に入ると、山脇の喉には人工呼吸器の管が入っていた。麻酔科医の平田は呼吸回数の設定を終えると、イスの上で片膝を抱え、眠る姿勢を探りはじめる。敷島と向かい合って手術台の山脇に青い手術布をかけると、顔と腹のみが出た。

誰に言うともなく手術の開始を宣告して、腹に視線を落とした。腹のたるみを左手で伸ばしてメスをすべらせていく。裂かれた表皮からすぐさま血が染みだし、メスで割いた線に沿って流れていく。敷島がガーゼで強く押さえると、出血はすぐにおさまった。

切開線をもう一度メスでなぞると表皮は完全に切り裂かれていった。下腹部の茶色いアフリカ大陸は二つに分かれて左右に離れていき、皮下から脂肪層が現れる。脂肪は塊になって、トウモロコシのように大小ひしめき詰まっていた。

「この患者、ほとんど返事しない人だったでしょう」

誰からも返答がなかった。脂肪でギトギトに濡れたメスの刃先をガーゼで拭《ぬぐ》ってから、周囲を見た。平田は両目を閉じていて、敷島もオペ看も術野《じゅつや》に視線を集中している。

「同じ尖刃《せんじん》の、メス」

「はい」

新しいメスを受け取り、角度を変えて脂肪層に突き立てた。それでも脂肪は刃先にまとわりついて、切るたびにガーゼで拭わなければならなかった。まとわりつく脂肪で奥にある灰白色の筋層も脂にまみれていた。

筋層を切りすすんですぐに、太めの静脈が切れる。どぼどぼと垂れ落ちる血を敷島はガーゼで強く圧迫した。粗い繊維に赤黒いシミができ、その周りに淡黄色の脂肪のシミが輪をかけて広がっていく。電気メスで静脈を焼くと、血の燻《くすぶ》った臭いがして、血管の切断面は瘡蓋《かさぶた》のように固く縮こまった。

そうやって筋層を切り裂いて、腹膜にたどりついた時には、首が凝り固まっていた。分厚い腹膜を注意深く切っていった。

腹膜を開けると、目に白一色が飛びこんだ。薄紅色の小腸が、無影灯の光加減でいつもより白く見える。そのせいで、腹腔にみっしり詰まった小腸は太い白子のようだった。ぐったりとして動きのない小腸の塊をかき分けていくと、奥に蛇が卵を丸呑みしたように丸く肥えたあの部位が埋まっていた。

私は膨れあがった小腸を両手で包み、産児をとりあげるように腹から掬《すく》いあげた。重なり膨れた小腸はすでに事切れていたようで、呑みこんでいた小腸をげろんと吐きだした。吐きだされた小腸は血が途絶えた黒紫色をして、呑みこんでいた方の小腸は何食わぬ顔で元の太さに戻って他に紛れていく。

「早くオペして正解でしたね」

腐りはじめている小腸に私は嬉しさのあまり顔を起こした。敷島の俯《うつむ》いた顔は無影灯の光から逃れて、濃淡の影に沈んでいる。

「公河」

「はい。腸間膜、切除します」

腹へと視線を落とし、伸びきった小腸に手を伸ばした。

「あと、胆嚢」

「はい？」

「いくつか石があっただろう。この後、胆嚢も切除する」

手術を終えると、敷島を追って手術室を出た。廊下を進んで、突き当りにある手術準備室に入る。電球が切れたままで、部屋は薄暗くて黴臭《かびくさ》い。ドアを閉めると、一段と暗くなり、足元も覚束ない。

一昔前、外科医たちが手術前後の休憩に使っていたというこの部屋は、今はただの備品置き場になっている。すぐに使用するものは入口付近に積み置きされ、奥には埃《ほこり》を被った古い医療機器が散らかっている。くたびれた脚で時おり何かを蹴飛ばしながら、部屋の奥へと進んでいく。敷島に続いて、奥の金属扉からベランダへ出た。奥の外壁にくっついた紫色の非常灯が弱々しく明滅を繰り返している。それ以外の光はどこにもない。脇にある縦長の灰皿を辛うじて黒く認めた。

草の芳《かぐわ》しい匂いがした。病院の裏手にあったタイヤ工場、その広大な跡地で密に茂る雑草たちは完全なる闇に紛れている。深呼吸をしながら秋草を嗅いでいると目の焦点がゆるみ、疲れが和らいでくる。疲弊した真っ暗な視界に微かな光が灯った。敷島の煙草だった。

「これからほんまちにでる。おまえも来るか」

「あの患者の、術後管理しないと。すぐにはとても」

「遠山先生に任せればいい。おれから言っておく」

浮かれてもれかけた声を噛み殺して、耳元をかすめた虫の羽音を手で払った。

「行きます。タクシー裏口に呼んでおきます」

敷島がベランダから出ていくと、途端に左胸が重くなる。数秒の間、その場で立ちほうけてから駆けだした。薄暗い手術準備室を抜けると、廊下の明るさに目が眩《くら》んだ。宙に漂うような走りで進み、階段に入る手前で敷島の前に回りこんだ。

切れた息を収めている間、防衛医大出身の敷島は元自衛官らしく、たくましい両脚に均《ひと》しく体重をかけて何も訊ねずに待っていた。命令されれば、三日くらい平気で直立できそうな、競輪選手のような太い脚を眺めていると、息は腹の底に落ちついていった。

「これ、遠山先生に」

左胸のポケットから救急用のＰＨＳを抜き取り、敷島に差しだした。

「僕からは渡せないんで」

敷島は胸板の前のポケットにしまうと、階段を下っていった。左胸の重苦しさは消え失せていく。胸ポケットに手を当て、ふくらんでいたスペースを潰し、凝った左肩を上下に揺すった。

タクシーが動きだすと、敷島は首を折り曲げた。車内に消毒の臭いがわずかに漂っている。窓を数ミリだけ下ろし、手術室の残り香を逃がしていく。

夜道はゆったりと左にカーブしていった。その途中で、鉄骨の橋にさしかかった。橋の手前で信号に引っかかって、タクシーは止まる。

私は窓から河をのぞきこんだ。流れているのかわからないほど、河は夜に塗りつぶされて黒々としている。河の下流にかかる橋を、大型トラックが渡り過ぎていった。

タクシーのエンジンの震えが座席の底から伝わってくる。頭にまで染みてきて、頭蓋骨が重たく感じた。その振動をおさえこむように私は窓ガラスに頭をもたせかけた。横にかしげた頭の底に、とっくに壊死《えし》したはずの右脚の記憶が断片になって残っていた。

二年前の冬、この凍える河に借金苦で飛びこんだ六十代の男。深夜の救急室に運びこまれた時、男は凍えて固まっていた。緑青《ろくしょう》でおおわれた銅像のように、全身が深緑色をしていて、声をかけても無反応だった。顎もがっちりと固まっていて口を開けられない。お湯で温めた点滴を打つと、固まっていた男はようやく震えだしたのだった。

信号が青になり、タクシーが発進する。橋を半分まで渡ると、河の中央に白く小さな月が揺れているのが見てとれた。あの白い満月にあの男の右脚は喰われたのではないか、今になってあの腐った脚が生々しかった。

ベッドの中で、男は少しずつ血色をとり戻していったが、右脚だけは黒紫色から変化がなかった。右脚は凍って腐りきっていた。採血結果から、その脚を放置しておけなかった。

幸いにも院内には奥内が残っていた。ＰＨＳで呼びかけても応答がなく、私は当直室へと押しかけた。

眠っていた奥内を起こすと、

「隣に専門がおるやろがっ」

奥内は起きるなり怒鳴り散らした。そして、ベッドから出る勢いのまま、隣の当直室へ行って、大学時代の後輩で整形外科医の有田を大声で起こした。

一時間後に手術は始まった。奥内がえらく不機嫌なこともあって、手術室は水を打ったように静かだった。麻酔科医と二人の看護師は口を閉ざしていた。

「奥内先輩、聞きました？　この患者、八百万の借金」

有田だけが饒舌《じょうぜつ》だった。

「駅裏の、雑居ビルに入ってるところから借りたって」

それでも有田が息継ぎする間に、静けさが押し戻ってくる。奥内は返事もしない。

「今ここで脚を切って命を救ったとこで借金は減らないし。五十代で脚は左の一本。工場勤務は片脚じゃあ無理でしょう？　障害年金だって、片脚だと二級だし。どうせ、半年以内に首でも吊って、ここに運ばれてきますよ」

奥内は手を止めて、ゆっくりと右脚から視線を起こすと、

「たしかに貧相やな」

いまだ寝起きのような低い声で返した。

「ひんそう？」

「どこから見ても、貧乏な顔つきしてる。何やっても結局だめな顔や」

そこから奥内はだんまりになって返事をしなくなった。

「はぁあ。かといってやらないわけにもいかないし」

有田は脚の腐った肉をメスで削ぎ落とした。

「こんなこと、今まで思ったことないですよ。なんでですかね。なんだか、おかしい。何かがおかしくないですか」

そんな風にして有田は手術の間、ひたすらしゃべり続けた。

手術は滞りなく進み、凍って駄目になった右脚は切断された。術後の経過も順調で、男は一命をとりとめたが、退院時も何ひとつ救われない貧相な顔のままだった。

タクシーは橋を渡りきって田圃路へ入る。ＪＲのトラス橋が斜め前に見えた。私は夜の真っ暗な橋に目を凝らした。見る限りは橋桁《はしげた》のどこにも、片脚だけの首吊り死体はぶら下っていない。

今のところ、あの男は病院には運ばれて来ていないのだから、なんとか生き延びている。それより前に、「公河先輩。僕ね、今月だけで人の脚、九本切断したんですよ。そのうち四人は十代でね、交通事故三つと骨肉腫一つ。大学病院にいた三年の間で、切断したのは六本だったたんですけどね。この病院は忙しすぎます。先輩も早めに辞めたほうがいいですよ」との言葉を残して、有田は辞めていなくなった。

タクシーが田圃路を抜けると、道路わきに民家が密に並びはじめる。「大阪　25㎞」という道路標識を見ても、この道路が研修医の頃に働いていた大阪市内に繋がっているとは思えなかった。同じ大阪府でも、ここは県境に近い人口三十万の地方都市に過ぎなかった。駅前には百貨店などもあるらしいが、車を少し郊外へと走らせると民家と農業用地が広がっていた。

山手の安い農地に建つ病院で忙しく働く身ゆえに、この街の中心部に出かけたことはなかった。明るい建物が増えて華やかになる街並みを眺めていると、学生時代に大阪市内を飲み歩いたことが思い出される。

タクシーは人通りの多い道へと入って、数十メートル進んだところで止まった。タクシーのドアが開くと、街の喧騒がいっせいに押し寄せてくる。

敷島と並んで歩きはじめた道の先に、ＪＲの駅とロータリーがあった。どうやら、敷島が「ほんまち」と呼ぶ繁華街はＪＲと私鉄の駅を結ぶ、この通り一帯を指すようだった。駅直結に建てられたデパートの、菱形のシンボルマークが通りの果てに小さく見えた。

「あっ」

そのデパートと立体駐車場の間に、地味な看板を見つけた。

「あぁ、ここか」

薄暗かったが、看板には緑の文字で「市立病院」とある。今まで何度も患者のやり取りをしたが、建物自体を見たのは初めてだった。立ち止まって一枚写真を撮った。

敷島は黙々と大股で進んでいく。ほんまちの通りは深夜でも明るく、そぞろに歩く人たちで溢れている。足元にじんわりと熱気を感じた。健康的なアスファルトは日中の陽射しをいまだ蓄えており、ゆるやかに熱を放散している。

ほんまちをまったく知らないわけではなかった。一日に何人も、救急車はほんまちから人間を乗せて病院へ運んできた。交通事故だったり、吐血だったり、暴行事件だったり。

運ばれてくる人間の容態から、入り組んだ汚い道路、執拗な客引き、派手なネオンとステレオ音、そういった繁華街を予想していた。想像よりは少しはましとはいえ、街に溢れる妙な活気にあてられて昏々《くらくら》する。

すれ違う人間はみな普段着で気ままに歩いている。今は自分たちもその一員だが、何かが違った。歩きたい歩幅で歩き、首を横に向けながらとりとめなく話し、意味もない言葉をメロディに乗せて口ずさんだりしている。引きずる脚はなく、痛みに耐える顔もない。病衣を着て点滴台を押す人もおらず、それを見守る人もいない。

病気以前、患者以前。

息が熱くなった。こういった人間が苦手だった。生まれ育った町以外では、生きていけない人たち。彼らを見ると、聞き分けのない患者と話す時に感じる苛立ち、それと似たものが胸に込みあげてくる。そんな人間とは知り合いたくない。足取りのぶれない敷島の後ろを、苛立ちを散らしながら歩いていった。

通りから一本奥まったところに看板のない数寄屋造りの家屋が、こぢんまりとした玄関を構えていた。引き戸を開けて敷居を跨《また》ぐと、街の喧騒は遠のいていく。和装の女性の案内についていった。

細長い廊下を進むと、穏やかな話し声がもれ聞こえた。二回ほど廊下を折れたところで、茶葉を乾煎《からい》りする匂いが漂ってきて、香ばしいそれを嗅いでいるうちに下り階段にさしかかった。一段下るたびに木床《もくしょう》が心地よくたわむ。

半階下って突きあたりの戸が開くと、個室には化粧映えのする二人の若い女性が向かい合って飲んでいた。

「せんせぇ、おそーい」

「おつかれさまぁ」

二人は見るからに酔っぱらっていた。二時間前から敷島を待ちながら飲んでいたらしい。おまかせで出てくる料理を平らげながら、ここから歩いて数分の雑居ビルで酔客相手に働いていることなど、二人のとりとめのない話が続く。

そんな話の途中で、

「きみかわって、もしかしてこういう漢字?」

と一人が目を丸くしてから指で掌に漢字を書いてきた。

「そう、そっちのほう」

「なぁんだ。言ってくれればよかったのに。医者の守秘義務?」

髪を右から左に流してから、

「どっかで見たことあるなって。ねぇ、ゆかり? まだ気づかない?」

膝に手を置いてきた。

「横向いてみて。ほら、やっぱり髪がはねてる」

「あぁ、あの時の。寝ぐせの先生」

二人は顔を見合わせて、引きつけを起こしたように笑いだす。助けを求めようとすると、敷島は煙草を持って部屋を出ていった。

「美しいに空で、美空《みく》。覚えてない？　ほら、この子も見舞いに来たじゃない」

美空は膝立ちになるとキャミソールをめくって腹をみせる。料理をすべて平らげたにしては平坦な腹が、間接照明で橙色に染まっていた。腹の右すみに斜め一線の窪《くぼ》みがあって、橙色の灯りが溜まって濃い線影を作っていた。

まだ完全に色と盛り上がりが落ち着ききっていない、褐色の滲みを残しているそれは、おそらく数か月ほど前に切られた手術の痕だった。

「虫垂炎の、手術痕？」

「ちゅうすいえん？」

「盲腸のこと」

「そう、もうちょう」

美空は顔を上げると、

「思い出した？　あの付き添いの男の人、あれが店のオーナー」

今まで数えきれないほど虫垂を切ってきたのだから、思い出せるわけもなかった。

「あの時の、カルティエのバッグ、かわいくなかった？」

美空は膝立ちで一歩進んで腹を近づけてくる。高鳴る鼓動を五つおいてから、手が自然と腹に伸びた。人差し指と中指と薬指が美空の腹に触れた。

酔っぱらった腹は病んだ腹と同じくらい温かくて、熱が指の芯まで伝わってくる。それから指をどう動かしていいか戸惑った。触診のそれぞれには目的があったが、病んでいない腹の前で指は止まってしまう。つまるところ、どうして彼女の腹を触っているのかがわからなかった。

なんとなしに傷痕に沿って指を何度か滑らせた。私が切った虫垂の、そこを縛った糸はもう溶けて消えてしまっている。そんなことを想って、指が傷痕の窪みを通っていくと、指先にメスで切られたような冷ややかな感触がして、背中に寒気がした。

「傷の赤みって引く?」

「もう少ししたら」

今の病院に勤めてから忙しく、マンションと病院の往復だった。患者と外で出くわしたことは一度もなく、ましてや、院外で患者の腹を触ることなどあるわけがなかった。

「もうちょう、痛かった?」

「病院に着くまではね」

もう一度傷跡に触れようとすると、美空はキャミソールを直して坐りなおした。

「ゆかり、知ってた? 救急車って、中で何の治療もしてくれないのよ、だからずっと痛くて。病院でせんせいが薬を入れてくれたら、ふわってなってね、もうそこからいい気分」

美空は興奮気味に鉤鼻から息をもらす。

「しばらくして気がついたんだけど、わたし漏らしてたの、気持ちよすぎて」

ゆかりは眉をひそめて、ポニーテールを引っ張られたようにのけ反った。若竹のような細首が気管で節立つ。

「なによ？　そういう薬よね、せんせい」

「全身が弛《ゆる》む薬だから」

「あれって麻薬？」

「仲間みたいなもんかな」

「市販してない？　なんだぁ。ねぇ、ゆかり、その薬ね、ふわってね、すっごい浮きあがるの」

「トリップみたいな？　そういうの嫌い」

「この子、昔バッドトリップしてから、ね。嫌いになったのよ。でも、きっと気にいるわ。きちんとした医薬品だから大丈夫よ。売人が扱う、添加物混じりの安物じゃあないんだから。ゆかりも気持ちよくて漏らすから。しかもね、漏らしてるけど、まぁ、いいかぁっ、じょぼぼぼぼぼって」

　突き出た頤《おとがい》を上げてつまらなそうなゆかりに、美空は気兼ねせず続ける。

「入院の何が辛かったたって禁煙よね。そうだ、きみくん、きいて。この子ね、せんせぇにタバコ吸ってること内緒にしてるの。別にいいじゃない、ねぇ？　せんせぇも吸ってるんだから」

　合間に手術痕を懐かし気に擦って、もう片方の手を私の太腿に置いて時おり、訳あり気に見入って口角を引き上げた。

「あれって、最先端技術よね」

　その言葉で美空は病気話を締めくくった。話の途中から携帯に目を落としていたゆかりは顔を上げると、

「きみくん、ここ行ったことある?」

携帯の画面を向けてきた。深夜の闇を払うように光る、二階建てのレストランが映っている。派手な看板には赤と緑のネオンで「セラマット・ジーワ」の文字がある。半年前にできたインドネシア料理店らしい。

「ないない、ほんまちは今日が初めて」

「ここに何年もいるのに?」

「お祭りも来たことないの?」

「ない」

夏になるとほんまちの通りに屋台が並ぶこと、河川敷で三尺玉のスターマインの花火があがることをゆかりは語った。

「花火、病院からも絶対見えるよ」

「来年の日付わかったら教えてあげる」

「打ち上げ花火でやけどした人は来たことあったなぁ」

「その人、髪の毛緑色じゃなかった?」

「見た目は覚えてない。ただ、やけどで腕のタトゥーが消えてた」

ゆかりは狭い額に皺《しわ》を寄せて声をあげて笑う。木枠の窓ガラスが細かく震えて、奥まった目に赤と緑が映りこんだ。ゆかりは携帯を触って、違う角度のセラマットを見せる。

「今度一緒に行こ、高校の先輩が開いた店なの。朝方までやってるから。スパイスがすごいの。

ココナッツミルク、大丈夫？　ピーナッツソース、おいしくない？」

店を出ると雨の匂いがした。

雨は降っていなかったが、舗道は一面濡れていて人通りはほとんどなかった。通り雨がほんまちから人を払ったようだった。敷島とゆかりの後を、美空と並んで歩いた。

ゆかりは薄手のコートを脱ぐと、羽織らずに腕に持った。オフショルのワンピースから上気した肩を出して夜風に晒《さら》している。細い首の根本に背骨が一つ突き出ていて、歩くたびに左右に揺れる。背骨を上から順番に数えると、少し突きでた背骨は第六頸椎だった。そのでっぱりを眺めていると、安穏とした気持ちになってくる。

働き出す前の、学生時代にいつもあった懐かしい感覚だった。連なりながらも、第六頸椎は自由気ままに動いている。そんな後ろ姿を眺めているうち、大きな道路に出た。

通りに人がまばらに歩いていた。ゆかりが手をあげると、タクシーが速度を落として路肩に停まる。二人は乗りこんでから、窓を下げて全開にした。

「おやすみぃ」

彼女らが手を振ると同時に、タクシーは発車して走り去っていった。そのタクシーの後に数台の車が道路を走っていった。

車通りがなくなると、敷島は四車線の道路を横切っていく。急いで後をついて道路を渡っていった。向こうの信号で車が数台停まっていて、腰のあたりをライトに照らされた。渡り終えると、敷島はすでに反対方向行きのタクシーを捕まえていた。

　後部座席に座りこむと、眠気がこみあがってくる。瞼が重くのしかかってきて、目を薄くあけながら、戻っていく景色を眺める。来た道の半分を戻ったあたりから街灯はまばらになった。どの民家にも灯りはなかった。一つ残らず眠っている。そのせいで街灯が途切れると、窓からは何も見えなくなる。

　電気が点いているセブンイレブンを通り過ぎると、街灯もなくなり、車のライトだけになった。窓にぽつぽつと小さな雨粒がついていて、黒い景色に反射した自分の顔が浮かんだ。雨粒の黒い隆起が重なって、皮膚病に冒された顔のようだった。

　少し前にそんな患者がいた。顔面が湿疹だらけになって運ばれてきたその患者は、口の中まで腫れあがっていた。診察しているあいだにも、湿疹は数を増して、隣のものと融合しては巨大なものに成長していった。喉も腫れあがって窒息しかかっていたから、喉に穴を開けて気道を確保した。その後、小谷に引き渡して内科に入院となったはずだが、あの患者は退院できたのだろうか。それとも、死んだのだろうか。

　幹線道路を折れて府道に入ると突然、強烈な光線がフロントガラスから射しこんでくる。思わず目を閉じても、瞼を貫通してきて意識が白くなる。

　両手で目をおおうと、徐々に穴が空くように白さが抜けていった。明暗を取り戻した網膜で、指の隙間から景色をのぞいた。光の中心には蜃気《しんき》楼《ろう》のように揺れる病院があった。白い病院が周囲に光線を放射していた。

タクシーが病院に近づくにつれて大量の光線の麓に入り、眩《まばゆ》さは減少していく。いつもの病院になると、にわかに腐った小腸と残してきた書類仕事が思い出される。呼吸のたびに、アルコールと眠気が頭から引いていった。

敷島の指示に従って、タクシーは駐車場に入ってからも直進する。駐車場に散在する数台の車の間を抜けて裏口で止まった。裏口から階段に入ると、入院病棟を見廻りに敷島は二段飛ばしでのぼっていった。

途中で階段から抜けると、病棟の廊下は消灯していた。医局のドアを開けると、休憩室は消灯しているが、奥のデスクは明るかった。ソファで遠山が開いたままの外科雑誌を顔にのせて寝息をたてている。上下する太鼓腹に合わせて、癖の強い縮れ毛が雑誌をかさこそと擦る。

デスクでは奥内が白衣のまま突っ伏していた。隣に座るとイスがきしんで、金属音を立てた。

「どこいっててん」

奥内が厚みのある体をのっそりと起こした。

「ほんまち」

「どこや、そこ」

「駅の近く。心臓止まったやつは？」

「亡くなった。いてて」

奥内は首を痛そうに左右に捻った。

「心臓戻ったんじゃなかった？」

「一回戻ったけど、また止まった。なんなら意識も戻ってな、なんか言うてた」

「なんかって何？」

「酸素マスクつけてたから、何言うてるかわからんかったけど。そっから心室細動になって、除細動かけたら心停止になって亡くなったわ。そのせいで今日も帰られへん」

「なんで？　亡くなったならやることないやろ」

「遺族が一時間半後に来るからや」

「ふぅん」

私は充電器に刺さったＰＨＳの画面を確認した。病棟から着信が五時過ぎに一件あった。

「点滴洩れや。もうおれが刺しなおした。かゆ」

奥内は白衣の袖でできた額の皺をかいた。

「ありがと」

「あんなぁ、おまえなぁ、」

「なに」

奥内は顎の位置を調整するように何度もしゃくらせる。

「前からやけど。おれの弁当勝手に食うのやめろや」

テーブルの上には先ほど食べ残した弁当が同じ格好で置いてある。

「食われたくなかったら、名前書いとけよ」

「ていうかな。ふぅ、」

唇を開くのすらしんどい、という嘆息をもらした。

「おまえなぁ、もう自分の分、昼に食べたやろ？」

昨日の昼飯など数日前のように感じられた。同じ弁当を食べたことは記憶の片隅にあっても、初めて食べたかのように味わえた。仕事が密に詰まっているせいで味の忘却のサイクルが明らかに短くなっている。

「どうせ、敷島ともなんか食べたんやろ」

奥内は喉元に視線を送ってきた。同じ大学出身の同期がこの病院には二人いた。奥内はそのうちの一人で、まだ卑しくなかった学生時代の私を知っていた。

「これ」

携帯を取りだして、奥内に写真を見せつけた。

「市立病院がどうかした？」

「なんや、見たことあるんか」

「二年くらい前、救急車に同乗して患者送ったからな。寒い日やったわ。車内も冷えてて。あれなんで救急車って居心地悪いんやろ。患者の横っちょの簡易座席さ、異様に硬くて酔うねんなぁ。んー？」

奥内は鼻の上にしわを寄せてから、口元に薄笑いを浮かべる。

「ははっ。こいつら看板の照明落としてるやん」

「だから、暗かったんか」

「夜間は患者を受けません、ってか。こいつらが救急やめたせいで、夜の中心街の酔っ払い、受けやなあかん。なんであそこのかかりつけ患者をこっちで診《み》やなあかんねん。ん、帰んのか？」

「いや、ＩＣＵ」

「大丈夫や。さっきの腸はまったおっさん、落ち着いてる。それよりな、岡田から電話あって、ヤナザキやけど」

「もう、知ってる」

「……過労死した場所、きいた？」

「きいた」

「そうか」

言い終わる前に奥内はデスクに突っ伏した。

病院の浴室で死んだヤナザキ。濡れた床にひざまずいた彼女を想像しながら、テーブルの前まで来て振り返った。奥内がデスクに伏したままであることを確認して弁当を静かに拾いあげる。

「きみかわ」

呼ぶ声のするほうへ向くと、

「携帯、繋がらなかったけど」

外科雑誌の下で遠山が見ているのが感じられた。

「すいません、敷島先生につれていかれて。電波のない場所かもしれなかったです」

「そう。あの腸の患者だけど、君が入院受け持ちね」

雑誌を顔に被せたままの声はひび割れている。口に苦いものがこみあげてきた。医長ではあるものの、いまだに現場で患者にまみれて働いている遠山。数十年前になんらかのトラブルで大学病院から追放されたらしい。まだ医局制度が強く地域を支配していた頃で、同じ府県で働き口を探すのは無理だと諦めそうになった際に、県境のこの病院に辿りついたらしい。初代院長と共に働いてきたからだろうか、今でも彼は患者の受け入れは絶対に断らない。

雑誌から視線の感じが消えると、すぐに寝息が聞こえてきた。ノブを徐々に回していき、医局から足音を殺しながら抜けでた。暗い病棟のなかで、廊下の先のナースステーションから光がもれている。

どんな患者でも受け入れるのは初代院長を知るもう一人の医長・敷島も同じだった。敷島は防衛医大卒業後に自衛隊で勤務しなければいけない「義務年限」を破った人間だった。九年間の義務年限の最初の一年で野《や》に下った敷島は国から数千万の借金を背負うことになった。そんな折、初代院長に拾われ、それから二十年以上、この病院で働き続けている。

ナースステーションには誰もいなかった。受付の上に「巡回中」の札だけが立っている。掛け時計の針は午前五時半を回ったところだった。朝の回診まであと一時間半。その後、午前、午後とも外来。家か当直室で一時間でもいいから仮眠を取りたかった。

「あぁ、先生、捕まってよかった」

エレベーターから病棟看護師の前川が降りてきた。

「今からお看取りお願いできる？　小谷先生の患者さんが少し前に亡くなって」

「小谷は？」

「救急で手が離せないのよ。家族さん、もうそろっちゃったのよね。患者さん、ほら、先生もよく知ってる剛田《ごうだ》さんよ」

「剛田さん？」

「数か月前に外科で入院受け持ってたじゃない。顔見ればわかるでしょ、内科病棟まで今から来て」

エレベーターに一緒に乗りこみ、上行きのボタンを押して記憶を探るも「剛田さん」を思い出せない。前川が首に安物の聴診器をかけてくる。

四階でエレベーターの扉が開いた。

「先生、403号室」

前川は廊下を歩きながら弁当を奪いとり、

「はい、これ」

かわりにペンライトを手渡してきた。

「死因は肝臓癌に肺水腫、あとなんだっけ。まぁ、いいや。死亡診断書は後で小谷先生に書いてもらうから」

先導する前川を追って角を曲がると、廊下は一段と暗くなった。奥の角部屋から光がわずかに漏れていて、幾つかの影が廊下にはみだしていた。

「私、エンゼルケアの準備があるんで」

早口で言うと、前川は403号室を素通りしていった。遺族の影を踏みながら、私は病室へと入った。

「お待たせしました」

「あぁ！　公河せんせっ。おひさしぶりです。あぁ、よかった。お父さん、公河せんせ来てくれたよ、よかったね。内科病棟に移った後もね、時々、お父さん、せんせの話をしててね。たまには会いたいなって言ってて。せんせっ、来てくれたよぉ。あぁ、お父さんも笑ってるわぁ」

中年女性は涙を浮かべて顔を綻《ほころ》ばせ、遺体に向かって声をかける。私は厳《おごそ》かな会釈を繰り返して遺族をかきわけ、枕もとまで辿りついた。

短髪の白髪頭に、きつく歪んで閉じられた口元。頑固な死顔を見ても何も思い出せない。上瞼を捲《めく》ると、濁った眼球があった。表情の一切ない瞳はただの硝子玉《ガラスだま》だ。ペンライトの光を黒目にかざしても、いつもは眩しそうに縮みあがる瞳孔はぱっくり開いたままで、なんのヒントにもならない。

ペンライトを胸ポケットにしまい、聴診器を胸に当てる。冷えた胸だった。中からは何も聞こえてこない。ドォン、ドォンと和太鼓のように響く心臓の音も、小腸のキルキルと蠕動《ぜんどう》する音も聞こえてこない。せめて、パチパチパチパチと夏の打ち上げ花火のように、傷んだ肺胞が潰れて弾ける音が聞きたかった。

耳を澄ましても、物音一つしない。深夜の台所でさえ、時に食器がズレる音がするというのに。どんな病気さえ入りこむ隙のない、完全な静寂が体の中にある。病めるのは生きている間だけという当たり前のことが奇妙に思われてくる。胸に当てている聴診器が冷えてきた。指先にしんなりとした冷気が染みこんできて、胸から聴診器を外した。

「午前五時五十分。死亡確認いたしました。ご冥福お祈り申し上げます」

遺体に向かって深くお辞儀すると、

「先生、ありがとね」

下げた頭に声が降ってくる。

「いえいえ。すぐに小谷先生も来られますよ」

最後に大きくお辞儀をして、病室を出た。

ナースステーションに戻っても、前川はいなかった。ペンライトをカウンターのペン立てに差し、聴診器を壁のフックに引っかける。デスクには何も置かれておらず、小さな冷蔵庫を開けると、一番上の段に弁当があった。

弁当を抱えて、非常ドアを重たい体で押しこんだ。ドアが開くなり、ひたひたと足音が響いてきた。それが遠のくのを待ったが、音は次第に大きくなってくる。近づいてくる足音は大人しいものだったが、身体が強張った。入ってすぐの踊り場で立って、半階上の踊り場を見上げた。

「さっきの人、腸、ネクってたらしいなぁ」

下から声がした。上がってきたのは小谷だった。

「そう、もう」

声が思っていたよりも響いて、私ははっとなって声量を抑えた。

「もう小腸、真っ黒やった。すぐオペして良かったわ」

小谷が階段を昇ってくる間に、何時間か前に切除した、丸呑みされて黒く腐っていた小腸が蘇る。

「朝まで置いといたら、大変なことなってたわ。遠山は朝まで引っ張れって言ってたけど」

「そっかぁ。すぐに外科にコンサルトしてよかった。けっこう迷ってさ、おれも朝の外来に回そうかなって、一瞬思ったけど」

すれ違っていく小谷の、上品な口から育ちよく並んだ歯が現れる。

「今まで救急?」

「ようやく途切れたわぁ」

「コロナ多い?」

「うん。収束しつつはあるんやけど。あっ、剛田さんのお看取り、ありがとう」

そう言うと小谷は踊り場を過ぎて、非常階段のドアを開けて出ていった。

「小谷先生ー、412号の患者さん、一時間前から39度の熱……」

小谷の到来を喜ぶ声を聴きながら、私は非常階段を下っていった。三階から廊下に出て、誰もいない暗い廊下を進んだ。すぐに入院棟と外来棟を結ぶ渡り廊下にさしかかった。

窓ガラスはわずかに白みがかり、廊下全体がほのかに浮きあがっている。夜が明けはじめていた。廊下を半ばまで過ぎて私は足を止めた。そして、窓越しに明けてゆく日の始まりを探す。

田圃は稲刈りがとうに終わって、暑い時期に畦道を圧迫していた分厚い面影はなく、凹《へこ》んで貧弱な地の底を晒している。真横を用水路が黒く流れている。四年前に建てられたショッピングモールは沈黙し、大きなガラス窓の奥で非常口の誘導灯が緑に点灯している。振り返って、病院の入院棟を見上げた。全ての病室の窓にカーテンがかけられ閉ざされていた。患者も深く寝いっている。「おやすみぃ」といった彼女らもきっと寝ている。

山の稜線のどこにも陽の昇りは見えないが、景色全体が白みはじめていた。暗かった田圃の底、ショッピングモールの煤けた壁、府道のアスファルト。病院の周囲にあるものがどこからか光を受けて、それぞれの色を明らかにしていく。この渡り廊下から、廊下に立つ自分から、辺りを照らして朝がはじまっているようだった。

夜の最後尾にいて今から誰よりも遅い睡眠をとるはずが、私はもう朝の先頭に追いやられていた。先に寝た者はその後も私が働いていることを知らず、これから起きる者は私が前から働いていることを知らない。

渡り廊下を過ぎて、外来棟に入った。外来棟にも人間は誰一人おらず、足音は誰にも聞かれることなく響いていった。廊下の奥の突き当りを折れて、当直室へと入った。

ベッドに腰掛けて、小机で弁当を開ける。豪勢なおかずは冷えきっていた。食物は喉のどこにも引っかからず落ちていく。五分もかからないうちに弁当は空になった。満腹になったというのに、舌はまだ上顎を舐めあげたり歯茎の付け根を撫でて、食べ物を探している。もぞもぞと動く舌を無視して、ベッドに寝転んだ。

二十四時間連続の勤務。その間、ずっと近かった天井が遠く離れていき、頭上の抑圧からひさしぶりに解放される。ようやく背骨を横にすることができて、背骨と背骨の間を繋いでいる筋肉がじんわりと伸びていった。眠気も染みだしてくる。

テンテロテンテン、テンテロテロテロ……

隣の当直室から不快な電子音が続く。苛立ちでもれた息は、風邪を引いた時のように熱く臭う。時計を見ると、六時三十分だった。結局、一睡もできず朝になった。

深夜に緊急手術や患者の急変、あるいはお看取りなどが重なって一切眠れないまま次の日を迎えることが、月に一回くらいの頻度であった。そんな時、他にはない疲れかたがした。

アラームがようやく止まり、壁越しにのそのそと身支度する音がする。活動を始めたのは当直医だけではない。病院自体が起きだしていた。早入りの看護師達が裏口から出入りする音、配膳車のキャスターの転がる音がどこからか聞こえてくる。

始まりの物音に背中を押しあげられ、私は当直室を出た。先ほど歩いてきた廊下を清掃員がモップ掛けしている。彼は十四時間前に渡り廊下を掃除していた者だった。あれから家に帰って、晩御飯を食べてお風呂に入り、何時間も寝た清掃員が、私よりも眠そうにあくびをして、モップに体重をかけて滑らしていく。

足音に気づくと、彼はモップをかける手を止めて「おはようございます」とまるで私も寝ていたかのように挨拶をした。

外来診察室のバックヤードでは、看護師たちが行きかっていた。顔を伏せて三番の診察室に入

ろうとした時、

「おはようございます」

外来看護師の高井が挨拶してきた。私は会釈で挨拶をかわすと、そのままイスに腰かける。イスからキィと音が響いて、重い頭に引っ張られるように背骨がたわんだ。外来の診察室に置かれた日めくりカレンダーは一日分進んでいて、「午後に製薬会社の説明会」と昨日は書かれていなかった予定がある。

人は眠ることで一日一日を区切っているらしい。朝が来て、世間では今日という新しい日が始まっていたが、仮眠すら取れなかった私には昨日と今日が地続きで続いている。途切れることなく続く意識ではカレンダーのように昨日と今日を二つに分けられない。このキャスター付きのイスも、昨日座ったイスではなく、十二時間前に座っていたイスだ。

二日目の朝はひどく陰鬱だった。陽の昇りは昨日の爽やかな朝の情景と重なって厚かましかった。二回目の太陽には新鮮さがない。陽射しは南国の太陽みたいにギラギラと容赦なく照りつけ、疲れた網膜を焼いてくる。

キャスターを漕いで、背後の窓のカーテンを引いた。光が白い布に包まれると光線の尖りが少しばかり和らいで、目の奥のざらつきが引いていく。病院全体を上から遮光カーテンで覆いたかった。ずっと夜のほうがまだましだった。

「おはようございます」

看護師長がバックヤードから顔をだす。

「あぁ、どうも。おはようございます」

声を絞りだして返事をすると、挨拶はすでに二十四時間前に済ましただろう、と人知れない徒労感が襲ってくる。二日連続働くことを強いられない者たちは、どうして昨日は声を出して挨拶した私が、今日は会釈だけで済まそうとするか知るよしもなかった。

「あら、先生」

看護師長は微笑みながら、

「朝陽を浴びないと鬱病になりますよ」

カーテンを開けて、隣の診察室へと入っていった。私は重みのある朝陽を手でさえぎって目元をおおい、窓に背を向けた。

高井が包交車から20 mlの生理食塩水を取りだして数を確認している。彼女も睡眠によってリセットされて、昨日とは違う高井になっている。十数時間前に話したことには「さっき」ではなく「昨日、指示したことだけど」と言わなければならない。二回目の今日が始まっている。神経をより尖らせなければならなかった。

黙ってただ目を細めていると、

「おはようございます」

マイクでかすかにハウリングして、

「午前の外来がはじまります」

看護師長の声が天井から降ってきた。それも二十四時間前に聞いた言葉だった。すべてに二回目を感じてしまう。視界の全てに既視感が薄く張られていた。

「一番目の患者さん、呼びこみますよ？」

高井の声に反発するように、三十七番目の患者と脳が瞬時に計算を弾きだす。この二十四時間の間に診察した患者の数を覚えている自分に驚いた。呼びこまれて入ってきた初老の男に顔をひしゃげて、朝の挨拶をする。

太陽や看護師だけではない。患者もまたそうだった。脛《すね》に傷を負って通っているこの男は二十四時間前に会っていた。慢性的な糖尿病を持病で持っているせいで、湿った傷口はなかなか閉じなかった。その記憶の残渣《ざんさ》を、目を細めて追いだして男の脛を診た。傷は完全に治っていた。しかし、私はまとわりつく既視感から、完治した傷口に昨日と同じ消毒を施したかった。

すべてが終始そんな風に感じられた。初診患者さえ昨日診察した感触があり、完全なる初顔の人間に対して意識して初対面であるように振る舞わねばならない。なにより奇妙なことに、今まで治療経験のない病気さえも経験がある心地に見舞われた。治療経験のない病気に遭遇した時の、あの胸に込みあげる不安感が生じなかった。それが欠落したなかで、初めての疾患を扱う慎重さを意識的に自分から引き出そうと独りもがかねばならなかった。

つまるところ、全ての人間が一日単位で繰り返しを行っていた。人間だけではない。社会のシステムのあらゆるもの、そして社会を包む自然が一日単位で繰り返し、あるいは、反復していた。既視感のない者は、自分たちが繰り返していることに気づいていない。

一続《ひとつづ》きの私と繰り返す人間たちとの摩擦や誤解をなくすため、私もまた繰り返しているふりをしなければならない。つまり二日目は挨拶から診察まで全て意識的でなければならなかった。二日連続で働くことの一番の辛さは、一日目に溜まった体力的精神的疲労のなかで、全てに対して意識的であらねばならないことだった。それは背骨の芯にある脊髄をひどく消耗させるものだった。

「先生、次の患者さん呼びこんでよろしい？」

高井はドアに手をかけて振り向いた。

「次で午前の外来は最後です」

数時間の外来で私はすっかり消耗していた。午前最後の患者。二十四時間前に一度聞いた言葉にも苛立ちを抱かなかった。それほどに疲れきっていた。

「ちょっと待って」

私はカルテを読みながら、白衣のポケットからおにぎりを出した。

「先生、次で終わりですから。我慢してくださいな」

「待って。病理検査の結果が返ってきてない」

おにぎりをポケットにしまい、かわりにＰＨＳで病理医局を呼びだした。

「つながんない？」

「つながるけどでない」

鳴り続けるコールから、誰もでないという直感だけがした。

「仁内《じんない》先生って自分のＰＨＳ持ってたっけ」

「どうでしょう。かけたことないから」

高井は出勤表を眺めて「今日は来てるはずだけど」と外来の電話を手に取った。ＰＨＳには仁内の名前はなかった。

「病理医局に行ってくる」

電話をかける高井に言い残して診察室を飛びでる。既視感の状態を解除したかった。昨日しなかったことをするべきだと思った。

入院棟へと渡って非常階段まで来たが、開いた窓はどこにもない。外の新鮮な空気を吸いたかった。うんざりしながら非常階段を下っていく。地階へと出て、ガラス張りの検査部の前で足を止めた。

ガラスから中を覗くと、厚い壁とガラスに密閉された内部は工場のようで、大小様々な機器がガタゴトと音を立てながら解析している。手前には血が満たされた試験管がゆらゆらと攪拌《かくはん》されていた。

その動きは繰り返しであるというのに既視感がこない。いくらでも見ていられる。張りつめていた神経も弛んできて、目が霞んでくる。昨日起きてから、三十時間以上が経っていた。早く眠りたかった。

カツ、カツ、カツ。

甲高い音を耳が拾うと、神経が張りなおされる。私は周囲を見渡した。しかし、廊下には誰もいない。検査部が地階のほとんどを占めていて、廊下の奥の突き当りに解剖室、その左手前に病理医局があるだけだった。

非常階段に目をやった。誰かが入ってくるかと待ち構えると、その足音はもっとも大きくなったところで途絶えた。私は廊下を数メートル戻って、非常階段のドアを押し開けた。注射器のような円柱形の空間には誰もいない。

しかし、私は目的を思い出して、廊下の奥へと歩いていった。病理医局のドアはそこだけ昭和のような古びた雰囲気がある。病理医局には仁内という年配の病理医が一人所属しているだけだった。

この病院で切除された内臓はすべてその老医が目を通しているが、入職時に紹介されて対面してからは一度も会っていない。この医局もそれ以来訪れたことはなかった。

軽く叩くと、ドアが縦に揺れて散らばったノック音が立つ。返事がなく、ノブに手をかけようとした時、

「隣にいるよ」

奥のドアから声が返ってくる。

突き当りに向き直って、解剖室のノブを手に握った。捻ると、がちりと何かが噛みあったみたいにドアは開く。

解剖室は冷え切っていた。吹き抜けになった中庭から陽がさしこんでいるが、部屋の電気が点いていないため部屋半分は薄暗い。奥の机には顕微鏡と、プレパラートが詰まった木箱、その周

りを書類が囲んでいる。

仁内は解剖衣を着て、真っ二つに開かれた遺体の腹から大腸を取りだしていた。白髪が陽の光を反射して、私は目を瞬かせた。

「外科の公河です」

「あぁあぁ、ひさしぶり」

仁内は腸を両手に持ったまま、マスクからはみでた頰を緩ませる。

「十日前に敷島の名前で出した胃癌の病理結果を訊きに」

「これは、わざわざご苦労様」

仁内は腸を遺体の中に押しこんで、手袋を剝《は》いだ。

「とっくに読み終わってるはずだから。返し忘れてるんだろうね、きっと」

手袋を捨てて、机の上の伝票を探る。

「あぁ、そこに座ってて」

壁際には明らかに客用ではないパイプ椅子が置かれていた。パイプ椅子は一部が赤く錆びている。内臓を置いたり、そんなことに使ってはいないだろうか。恐々としながら体重をかけていく。途中で軋《きし》む音は立ったが、腰を下ろしきるとパイプ椅子は沈黙した。

「いや、これかな」

仁内が差しだした病理結果の紙は、何年も前のもののように乾ききっていた。西陽のせいか、数日前に書かれたとは思えないほど文字も劣化している。

「これです。解剖中に失礼しました」

「この胃、君が切ったんだろう」

たしかに敷島の名前で提出したが、胃の下半分を切除したのは私だった。一年中、ホルマリンで固定された内臓を顕微鏡で観察しているのだから、それぐらいはわかるだろう。

「そうですね、切ったのは」

「遺体切ったことある？」

「学生の時に。解剖実習で」

「あぁ、あれは、ホルマリン漬けで何か月と経ってるもんだから。皮膚も干物みたいにかちかちに硬かっただろう？」

「……いや、どうでしょう」

「柔らかかった？　新鮮な遺体だったのかな」

「よく覚えてないし、その一体しか遺体は切ったことがないので、なんとも」

「あぁ、そう。亡くなってすぐのものはね、皮膚もまだ乾いてなくて。なんていうの、そうそう、ブランド物の革財布みたいな張りがあって、メスをいれても、だぶつかなくてね。若い遺体なんかだと、しっとりしてる」

「はぁ……」

「皮膚の滑らかさとか、生きてる人間とそれほど変わらないんじゃないかな？」

仁内は先ほど押しこんだ腸を取りだして、隣の台に置く。そこには腎臓や胃が彼なりの順番で置かれていた。

私はパイプ椅子から立ちあがって解剖台の遺体に視線を落とした。腹は豪快な観音開きで、手術では見ることのない切り開き方だった。仁内は両開きになった腹に両手を突っこみ、肝臓をつかんで取りだした。

「これでお腹は空っぽだ」

満足げな声につられて、私は遺体の腹をのぞきこんだ。腹には二本の太い血管が残っているだけで、それ以外には何も入っていない。人間の腹の、底の全てを見たのは初めてだった。手術で生きている人間の内臓のすべてを取りだすことはないから、当然のことだった。

ごつごつとした背骨に並行して走る二本の太い血管。大動脈は白く、太いホースのように弾力感があった。大静脈は赤黒く、ぼそぼそに乾ききっている。腰椎あたりで、大静脈の一部が破けていた。太い管の中に隙間なく詰まった固形の血液は、赤銅色のクレパスのようだった。ぼろぼろと崩れて、腹の底に欠片がこぼれている。

「ほら、やっぱりすごい肝硬変」

仁内は取りだした肝臓に目を凝らしている。

「癌はこれか」

肝臓の表面を破って顔を出す悪性腫瘍を仁内は親指で撫でた。岩石のようにごつごつとした肝臓には左葉がなかった。

「あぁ、そうだったか。君が切除したんだね。剛田さんの、肝臓の左側」

マスクと眼鏡の端から、深い皺がはみでていた。「剛田さん」の顔に目をやると、早朝に死亡確認した時にきつく縛られていた口元は弛んで、茹でられたアサリみたいにぽっかりと開いていた。

　仁内は肝臓を隣の台に置こうとしたが、台の上はすでに他の内臓でいっぱいだった。腎臓や脾臓などを手にとっては端から並べなおしていく。

「あぁ、そうだ。剛田さん、切ってみる？　今朝亡くなったばかりだから、まだ柔らかいよ」

　腎臓と胃を入れ替えたところで、ちょうど心臓が置けるほどのスペースが生まれた。

「胸を開いて、心臓を取りだして。遠慮なく。手術みたいに間違っても死なないから」

　仁内の低い声が転がる。解剖用のメスはおおぶりなものだった。解剖用の手袋をはめてメスをつかんだ。手の中で揺らして、その重みを確かめてみる。重みはそこまで変わらないが、普段のメスとは違った握り心地がする。

　もう片方の手で胸の皮膚を撫でた。冷えてはいる。しかし、たしかに老人の垂れた皮膚、それと同じ感触がした。刃の背に人差し指を当てて、切りわける握りをしてみたものの、少し黄色味がかった胸の皮の上で手が止まった。

「遠慮することないよ」

　この病理解剖は生前から本人と遺族の快諾があったと伝えられても、私の手は動かなかった。

「初めて人を切った時はどうだった？　指導医に、そろそろ切ってみるかって、まずはここからここまで切ってみてって、メスを渡されただろう？」

はじめて人を切ったのは、もう何年も前のことだ。それ以来、毎日メスで誰かを切っている。思い出そうにも、切られていった数千の皮膚や内臓ばかりが浮かんでくる。

近々の記憶が何重もの層になって初めての瞬間に辿りつけそうになかった。埋もれてしまう程度なら、それほど特別な事でもなかったのだろう。それより私はどうして「剛田さん」を切りたくないのか、不思議に思った。生きている時に二回も切ったというのに。

ビィイン。バネの撥ねる音がする。

「大腸1273g」

仁内は大腸を秤《はかり》にかけている。

「死ぬと軽くなるんだよ。微生物がいなくなっちゃうからかな。どこにいくんだろうね」

腸内細菌についてさほど詳しくないと言い切って、仁内は検分を続ける。遺体からホルマリンの臭いが立ちあがってきて、目に染みて痛んだ。

「初めて人を切ったことなんか覚えてないですね」

声が部屋の隅に届く前にかき消えていく。頼りげない響きようだった。私はメスを遺体の胸に寝かせた。

「僕は生きてる人間を切ったことがなくてね」

仁内は解剖台の向こう側に回ると、遺体の上からメスを拾った。

「どんな気持ちなんだろう」

仁内は遺体の胸にメスを下して「どんな気持ちなんだい」と反芻《はんすう》するように呟き、線でも引くようにすーっとメスを皮膚に滑らせていく。

「遺体と臓器を切り分けて、もう何十年になるかなあぁ」

没入するように白髪頭を垂らすと、声色と響きが変わった。

「この病院に来てからは、特にねぇ。本当にここはよく人が死ぬから」

そう言ってから不意に黙りこんだ。思わず、私も息を止めて空っぽの腹の底を眺めた。数秒してから、骨が折れる音が鳴って息を吐いた。仁内が枝切りバサミのようなものであばら骨を切っていた。骨の緻密質の乾いた音のすぐ後に、骨髄の湿った音がする。

すべてのあばら骨が切られると、遺体の胸の前面がフタを開くようにとれた。なかには濁った肺と肥大した心臓が詰まって、肺と胸腔の間には黄褐色の胸水がなみなみと溜まっていた。開いた胸に頭を落とすように、仁内はさらに前のめりになった。

「君は五年目ぇ？　六年目ぇ？　もう千人は切ったんだろお？　この病院なら、もっとかぁ？　遺体もそれくらいの数を切るとね……」

仁内は開いた胸に向かって語り続ける。遺体の胸が開いた分、声におかしな奥行きがある。聴いたことのないその声は、遺体のものに思えてくる。

頭を遺体に向けて垂らして、その声に耳を澄まそうとすると、

「さっき、ホルマリンに漬けたばかりの遺体は、生きた人間と変わらないんじゃないかって言ってましたよね」

奇妙な声につられるように私は語りはじめていた。私の声も遺体に響いて、澄みきった声色に

変化している。

「やっぱり、生きている人間と遺体は違いますよ。皮膚だって、似ているようで全然違う」

「そうかい。触れたらやっぱり違った？」

「遺体はやっぱり遺体ですよ」

少し言い過ぎた、そんな気がした。しかし、遺体に跳ね返る声はどこまでもさっぱりしている。

「遺体は、生きてやしない」

反射する声が心地よかった。出た時の声よりも遺体に跳ね返った後のほうが綺麗だ。

「そうかい」

「ええ。皮膚がどんなにしっとりしていても。生きてなんかない」

仁内は右肺の太い気管支をメスで切断していく。

「血すら出せない」

挑発するように毒づいてみた。そして、確信した。遺体は決して怒ったりしない。遺体には何を話しても良い。腹が空っぽだから、何でも受け入れてくれる。

遺体は生きてはいないが、モノでもない。壺に向かって吐露するのとは訳が違う。生きていたのだ。話しかければ、他で聞くことのない声色にもなる。

「なんだか、懐かしいな」

仁内が右肺を取りだそうとするなかで、皮下の脂肪が目についた。血も何もかもが乾いているが、脂肪だけが滴《しずく》となって流れだしている。

「そうだ。剛田さん」

どうやっても忘れていた剛田が思い出されてくる。

「一年前に手術で、生きているあなたを切った時は血がいっぱい出ましたよ。肝臓が悪いから簡単に血が止まらなくて。動脈じゃなくて静脈ですらね、血が止まらない。ぽたぽた、なんてもんじゃない。どぼぼぼぼぼ、って、途切れがないんですよ。その血を吸引するとね、透明の容器にだくだくに溜まっていくんです。輸血もいっぱいしたなぁ」

自分でない誰かが話しているように感じる。あるいは、遺体に語る気分とはこういうものかもしれない。何者でもなくなれる。

「あなたの肝臓を切り取って、掌の上にのせた時、その瞬間だけ奇妙な感じがして。肝臓を取って助かる患者じゃなくて、患者から切り離されていく肝臓のことを考えてたのかな。仁内先生は切り取られた内臓を見た時、その持ち主の人間のこと思ったりしないんですか」

ビィィン。

「右肺１３９５ｇ」

仁内の声が右肺を取りだされた胸の空間に反響して一段と奥行きを増す。その響きが胸から背中へと響き抜けていった。音階や語調に応じて、私のあばら骨の一つ一つをくすぐってくる。

「重い肺だねぇ」

「そうでしょう。ひどい肺水腫だったから」

自分の声が外側よりむしろ内側に響いてくる。それは腹に居つくことはなく、尻から床に流れていった。

「水浸しでずっしりしてる。もってごらん」

「あぁ、ほんとだ。びちょびちょで重たいな」

右肺のない遺体の声はこうも澄んで響きがよい。剛田の声は呼吸が悪くなる前から、重くて濁っていて、聞くだけで疲れてしまうものだった。早く左肺も取り出してほしい。胸の中をすっからかんにしてほしい。

ビィイン。

「左肺1195g」

仁内の声が澄みわたってくる。まだ何の苦労も知らない子供の声のように響く。いつのまにか心臓も取りだされていて、胸の中に何もない。

「最後はかなり苦しかったでしょうね」

自分の胸に詰まっていた何かがすっと口から抜けていく。

「これだけ水浸しだと、陸上の溺死みたいなもんだね」

「いついっても、ゼェゼェ言ってましたよ」

「かわいそうに」

「かわいそう？」

腹が痙攣《けいれん》したように震えると、笑い声は遺体にこだまして反響する。そのエコーがあばら骨をくすぐるようで、なおさら可笑しくなってくる。腹に力をこめて笑いを抑えると、額に細かな汗粒がじんわりと湧きでてきた。

「先生は剛田さんをご存じないから。苦しかっただろうけど、自業自得なんですよ。ねぇ、剛田さん」

閉じきった瞼の奥に話しかける。

「これ以上お酒飲んだら、もう命はないって言ったのにね。お酒は死んでもやめないって。全身に水が溜まっても、病室まで娘にこっそりワンカップ持ってこさせてたの、僕も看護師もみんな知ってたんですよ」

遺体の顔にはゆるんだ場所もちぢんだ場所もなく、もうここに剛田がいないということが自ずとわかる。

「困った患者。こっちが必死に手術して、腹水も胸水も何度も抜いてあげてたのにね」

剛田はいないが、身体はある。今はそれで十分だった。

「あぁ、思い出した。剛田さんが気にいってた看護師の笹野さん、いるでしょう。あの小柄で若い女性。自分と同郷だって言って、ときどき田舎の話をしてたじゃあないですか。外科入院から内科入院に替わった時、笹野さんが喜んでましたよ。剛田さん、時々、癇癪《かんしゃく》起こすから、とっても嫌な患者だったんだって」

内臓を取りだされた遺体には、何を言っても許してくれる。肝臓がないから、癇癪だって起こさない。空っぽの空間が全てを受け入れてくれる。

「生きている間は、仲良くなれなかったけど……」

それだけではない。遺体はずっと死んだままで途切れがない。繰り返していないから、話しやすかった。脳よりも少し上あたりで火花のようなものが無音で散って、記憶が開いた。

「そうだそうだ。ききたかったことがあったんですよ。あぁ、最後に思い出せてよかった。なんとか、間に合った。一か月くらい前にね、レントゲン室の横のトイレで偶然鉢合わせしたでしょう。僕、最初まったく気づかなくて。だって、外科にいた時と違って、顔も首もげっそり痩せてたから。僕が手を洗ってたら、剛田さん、いきなり僕の白衣のポケットに手をねじこんできたじゃないですか。『センセェ、コーヒー代』って言って、一万円が入った封筒をくれたでしょう。あれって、僕にいつ会っても渡せるように、毎日持ち歩いてたんですか。それとも、他の誰かに渡すつもりがただの気まぐれ、その場の思いつき?」

生きているうちには思い出せなかったが、剛田にききたいことがあった、ということに嬉しさが滲みでてくる。

「だって、もし、僕のためだったら、申し訳ないじゃないですか。剛田さんが内科に移ってから死ぬまで、いや、死んでからも、僕は剛田さんのこと思いだせなかったんですよ。もともと受け持ちで、しかも、治癒させられなかった患者なのに。死んでしまった患者なのに。剛田さんがどんどん痩せていって、苦しんでいる時も一回も思いだしてない。主治医だったのに。でも、しょうがないでしょ。剛田さんより、重症の人を何人も持ってたんです。助からずにその場で亡くなる人だっていくらでもいた。だから、しかたないですよね?」

胸が震えていた。目を開けると、部屋は真っ暗だった。遮光カーテンが閉められていて、仁内はどこにもいない。体から纏《まと》わりついていた気怠《けだる》さが抜けていた。いつからか、パイプ椅子に座って寝ていたようだった。

もうひと眠りしようと思った時に、鼻にチューブの入った顔がよぎる。明日手術の患者の顔だった。すると、自然と体が立ち上がる。足に力は感じないが、ドアのほうへ身体が流れていく。ノブを回し、廊下へと出た。一転して廊下は明るいが眩さを感じない。

解剖室へ振り返ると、台上に胸と腹を裂かれた剛田が横たわっていた。足が踏みでて、再び部屋に入った。足元の黒い血痕が目に入って、踏むと滑るのではと足がすくみそうになる。心許《こころもと》ない足取りながら、腹も胸も開かれた遺体の前にたどりついた。

暗くて腹の底も胸の底も見えない。定かではない遺体の底を見つめながら、私はポケットを探った。右ポケットからおにぎりをとりだし、包装された薄いビニールを剝いで磯のりの部分にかぶりついた。塩味はするが噛んでも唾液がでず、飲みこもうとすると喉に押し返される。

噛み続けているうちに、少しばかり唾液が出てきて、ようやく飲みくだせた。もう一口おにぎりを齧《かじ》った。噛んでいるうちに米粒から屍臭がしてくる。どんな味がしても、食事をしている。自分はまだ生きている側だという感触がして、私は手で口元を押さえながら解剖室を出た。廊下へと出た瞬間、さきほどの胸の震えがＰＨＳだと気がついた。

「仁内先生つかまりました？　診察室のなかで、患者さんがイライラして待ってますけど」

左ポケットを探ると、乾いた病理結果の紙が入っていた。紙の皺を伸ばすと、紙の中ごろに〈転移あり〉とある。また一人、近々死ぬことがわかった。

廊下から、解剖台を見返した。台には内臓を持たない身体が横わたっている。焼かれてしまえば二度と話しかけられない空っぽの存在。二日目の私でも打ちとけられる相手。しかし、今は自分も内臓が一つもないみたいに、何の感情もわいてこなかった。

病理結果の紙を折ってポケットにしまいこんだ。この患者は病理解剖を希望するだろうかと解剖台を最後に一瞥して、外来に向かった。


午後の外来が終わり、ICUを訪れる頃には日が暮れていた。カーテンを開けて中に入ると、山脇は閉じていた瞼を重たそうに開けた。

「術後の経過は良好なので、明日、一般病棟に移ります」

山脇は虚ろな黒目で天井を見つめたまま静かに頷《うなず》く。明日から飲水がはじまることや、体に二十四時間ついた心電図のシールが外れることを伝えても、片方の手を腹の包帯に置くだけで表情は何も変わらない。

「何か不安なことありますか？」

山脇は時間をかけて首を真横に振る。唇を動かしてはいるが、歯の隙間からは力のない息だけがもれてくる。

会釈をしてカーテンを抜けると、

「鬱《うつ》っぽいですよね？　精神科コンサルトしておきましょうか？」

担当看護師が顔を傾けて小声で話す。

「いや、いい。きっとＩＣＵ鬱。一般病棟に行けば治る」

「念のため、岸谷《きしたに》先生にみてもらいましょうよ」

「明日には移るから」

「朝は、死にたい死にたいって、何度も言ってたんですよ。ＩＣＵだって、常に監視できてるわけじゃないんですから。目を離したすきに、ってことだって」

「わかったわかった。今から紹介状書く」

向かいでは奥内と整形の医師たちが一つのベッドを囲んでいる。視線が合うなり、奥内がベッドから離れて近づいてくる。

「山を抜けるとこの、産業道路の交通事故や。轢《ひ》かれてから数百メートル、車の底で引きずられたらしい」

奥内は袖をつかんできて、そのままパソコンの前まで引っ張っていく。空いたイスに座ると、奥内は愚痴をこぼしはじめた。

――全身の骨折れてんねんで、それやのに内臓が少し傷んでるからって、整形じゃなくて外科が入院受け持てってよ。

――まじか、それけっこうひどいな。あいつら、最近患者の押しつけ多いから。

――せめて、整形外科なんで、筋肉と骨以外わかりません。だから、お願いしますって言えよな。

――そうそう。人工呼吸の管理わかりません。点滴の電解質バランスわかりませんってな。

――せやろ。アホなくせにえらそうに、筋トレばっかせんと少しは勉強しろよ。

愚痴り続ける奥内の隣で、切り出すタイミングを計った。ふっと、奥内のキーボードを打つ音が一段軽くなったところで、私は咳払いを一つした。

「奥内ー。明日午後の救急当番かわってー」

奥内はカルテを打つ手を止め、

「おい、あいつ重症やぞ」

振り返ってベッドを睨《にら》む。

「明日、ヤナザキの告別式」

奥内は荒い息を数回繰り返した後、しようがないといった風に表情を緩めた。

「二時間だけな」

「ありがと」

「あぁ、つかれた。昨日もデスクで一時間寝ただけや」

「友香《ゆうか》も明日行くんかな」

「はぁ？　おまえ、まだ、あんな医者もどきと口きいてんのか」

「いや。そもそも会ってない」

「ここの皮膚科なんて、お医者さんごっこや」

「タクシー相乗りしたら、安くつくなって」

「あいつと一緒に行くんやったら、当番代わらんぞ」

「わかったわかった。一人で行く」

奥内は睨みつくしてから、カルテをぽつぽつと打ちはじめる。

「ヤナザキって産婦人科やっけ」

「うん、去年から産科一本になったはず」

「妊娠は病気じゃないし、妊婦も病人じゃない。産科、ありやな。もう病人ばっか見るの嫌やわ。しんどいしんどい、痛い痛い。そんなんばっか聞きたないわ」

「堕胎あるけどな」

「堕胎かぁ……。それやったら、外科の方がまだましか」

二人の普段着の男女がＩＣＵに入ってくる。

「あれ、たぶん家族やな。両親やろう」

奥内は重苦しい息を吐き、白衣の前ボタンを全部留めて立ちあがった。奥内の向かう先には全身を包帯で巻かれた人間が横たわっている。包帯の厚さに性別も年齢も分からない。腰回りと頭の鉢《はち》に数本の金属棒が埋めこまれて固定されていた。口には管が差しこまれていて、自力で呼吸もできていない。

まるでミイラを作っている最中に見えた。すべての内臓を抜いて個別に包み、ふたたび体内に戻す、これがミイラの作り方らしい。その様子を想像すると、あの包帯の中に実はもう何も入っていないように感じた。

看護師が両親を引き連れていくと、他科の医者たちは一斉にベッドから距離を置く。親は二人ともまだ若く、母親は三十代くらいに見えた。ベッドサイドでミイラの手を握ると、母親は雑巾のように背骨を捻じり、内臓を絞りあげて叫んだ。

雄叫《おたけ》びのような声が轟《とどろ》いた。獣の唸《うな》りと女の悲鳴が混じりあったような声に私はおののいた。胸が押しつぶされるように重く、頭が割れんばかりに痛んでくる。

医者たちがＩＣＵから逃げていくなかで、主治医になったばかりの奥内は目の前で絶叫を浴びながら体を硬直させて耐えている。奥内の頬に筋がたっていて、歯を食いしばっているのがわかった。離れた場所にいても吐き気が込みあげてきて、腹から濃い胃酸が上がって喉が焼けてくる。飲みこむと、胃酸の臭いが鼻に抜けた。

狂乱する母親をみて、やはり包帯の中には生身の人間が入っているのだなと、私は首にかけていた聴診器を手に取り、イヤーピースで両耳を塞いだ。それでも鼓膜にはどこか遠くから、オォォという阿鼻叫喚がわずかに届き、腹や胸には不快な振動が直に伝わってくる。吐き気が強くぶり返してきて、苦味とともに奥歯が酸でしみて痛んだ。書きかけの紹介状を閉じて、私はＩＣＵから退室した。

医局に戻って冷蔵庫を開けると、中段に新しい高級弁当が一つ入っていた。名前が書かれていないことを確認して、レンジで温めた。デスクに持っていき、窓に目をやった。外は真っ暗で、窓は疲れた医局をどす黒く映している。遠山と浜中の抑えた話し声がどこからか聞こえてくる。窓に映った自分の顔は昨日より死人のようだった。夜よりも黒い隈《くま》が目の下に染みだしている。

カルテと書類の整理をしているうちに、時計の針は夜の一時へと近づいていった。二回目の深夜に気分がひどく落ちこんでくる。今にも電話が鳴って、ヤナザキの訃報を岡田から伝えられる、そんな気がするほど二十四時間前の夜と同じ夜だった。

繰り返しが何よりも苦痛だった。何回経験しても、二日連続働くことに慣れはこなかった。地球が二十四時間で一回転するかぎり、その上で生きるものすべてがその周期を内在していて逃れようがない。奇妙に見えた繰り返しは自然なもので、間違っているのは繰り返していない私のほうだった。

天体の運行、そして、本能と生理に逆らった労働に脳髄が消耗していた。太陽が四十八時間で一巡りなら、とても健全にこの四十時間を働けたに違いない。

遠山の足音が医局を出ると、私は帰り支度を始めた。医局にはいつの間にか敷島だけになっていた。奥内はまだＩＣＵから戻ってこない。ＰＨＳを充電器にそっと差しこみ、空になった弁当を捨て、医局を後にした。

病院の裏口から出て駐車場を横切り、徒歩一分で病院借り上げのマンションに着いた。部屋は二日前のまま散らかっていた。旅行から帰った時のように部屋の臭いをくっきりと感じる。そのままベッドに倒れこんだ。

体の芯がぼんやりとした熱をはらんで、周囲の内臓や筋肉を炙《あぶ》っている。二日連続で働いた後は、いつも薄っすらとした悪寒と微熱が背骨にまとわりついて、とにかく不快だった。

電気を落として目を閉じた。二日ぶりの就寝に、山脇の小腸がすぐさま脳裏に浮かびあがってきた。自らの内部に嵌っていく小腸の姿を、寝返りして振り払う。強く張っていた神経がゆるんできて、甘ったるい眠気が全身を包みはじめた。

鮮やかな映像が巡ってくる。活気にあふれた人の足音がする。まだ眠りに落ちていないから、これは夢ではない。

ほんまちの、あのにぎやかな通り。十メートルほど先で、歩いている人の流れが二つに分かれている。その方向へ進んでいくと、歩道のまんなかに解剖台が置かれていた。台の上に見知らぬ誰かが横たわっている。台の右横に沿って歩き、頭の前で立ち止まった。やはり、見たことのない人間だった。完全に沈黙しているから遺体だ。

通りの喧騒が一つの音楽となって遺体のなかで反響している。私は解剖台に頭を傾けて、その音楽に耳を澄ました。音楽の響きかたからいうと、この遺体のなかにもう内臓は一つも入っていない。

2

時間通りに着いたはずが、葬儀場の入口には家族も弔問客も誰もいない。葬儀会社の社員が一人受付に立っているだけで、がらんとしている。

受付をすませてホールに入ると、空っぽのイスばかりが並んでいた。こもっているのに冷ややかな空気がつまっている。ホールの奥に、棺の前で寄り合っている人だかりがあった。その塊から一つが離れて近づいてくる。

「卒業式以来やねぇ。公河くん、少し肥えた？」

ヤナザキの母、光江だった。

「最近食べるのが止まらなくて。六キロくらい太りました」

「昔はけっこう痩せてたもんねぇ。今くらいの方がいいよ。あぁ、ミカの顔、見てあげて。午前中にね、友香ちゃんも来てくれたんよ」

用意しておいた弔いの言葉がこぼれないうち、棺へとたどりついた。のぞき窓は開かれていて、そこから顔が見える。別人のような顔に呆然とした。頬がふっくらとしているからだろうかと顔を近づけると、檜の木棺が温かく香った。

「ミカね、公河くんと実習の班が一緒で助かったって、学生の頃よく言ってたわ。公河くん、もう三十二歳？　ミカも来月で三十二歳よ」

光江の声は高い音域でふらふらとしながらも、裏返らずに続く。ヤナザキの死顔に目を凝らすと、かなり分厚く化粧が塗り重ねられていた。厚塗りされた顔をいくら見ても、本人と対面している気分にならない。

「亡くなる数時間前までは上の先生と一緒やってんて。夜の十二時過ぎてからは、一人で働いてたらしいわ」

光江は真横でぽつぽつと経緯を語りはじめる。


午前四時、病棟で一人の妊婦が産気づいた。妊娠高血圧症を合併した妊婦だった。夜勤の看護師リーダーだった稲田はヤナザキのＰＨＳをコールした。何回コールしても応答はなく、当直室で深く寝いっているのか、それとも、シャワーでも浴びているのか。稲田はそう考えて病棟の廊下を奥へ歩いていった。案の定、当直室へ近づくと、シャワーの音が廊下まで漏れ聞こえてくる。しかし、ドアの前から呼びかけてみても、返事がいっこうにない。いつもは声をかけると、すぐにシャワーの音が収まって返事があった。浴室のドア越しに点滴だったり、薬剤投与の指示をもらったことも今までに何度もあった。本人も体を洗いながら指示を出すことを想定していて、いつも洗面室のドアに鍵をかけていなかった。ドアを開けて洗面室へ入ると、浴室のドアのすりガラスにうずくまる影が映っていた。叫んでも反応がなかった。二枚折りのドアを押して開けると、ヤナザキが浴室の床に全裸で座りこんでいた。シャワーに打たれながら、上半身を右側の壁に傾かせて体重を預けている。鏡には床を見つめる蒼い顔が反射している。濡れた首元に手をやると、脈がなかった。稲田はもつれる足で隣の当直室へと助けを求めた。ヤナザキの上司である山田はベッドから飛びでて、起き抜けのジャージ姿でシャワーの中へ飛びこむと、ヤナザキを抱えあげた。稲田が全裸のヤナザキにバスタオルをかけると、山田は救急室へと走りだした。しかし、次第に走る勢いはなくなっていく。意識のない人間は抱えられると隙間隙間へと垂れ落ちていくものなのに、ヤナザキの体は走る振動にもまったくほぐれず、同じ格好のまま両腕の中に納まっていた。木造のイスを運んでいる感覚に近かった。その意味を察した山田は途中で走る力を失って、救急室に着いても看護師たちに救命処置の指示を出したきり、立ち尽くした。血液は固まっていて、採血しようにも黒紫の血塊が針の中に詰まった。点滴も血管に入っていた。首は硬直を始めていて、俯いた首を完全に伸ばすことができず、酸素のチューブが喉でつっかえて気管に入っていかない。その場にいるスタッフの誰もが、ヤナザキがたった今亡くなったわけではないと気づいたが、山田は死亡確認をしなかった。この一年ほどヤナザキが過労状態だとわかってはいたが、亡くなるとは想像すらしていなかった。昨日の朝からお産数件と堕胎数件をかわりなくこなし、数時間前まで妊婦の陣痛の様子をうかがっていた後輩の変わり果てた姿に、救命処置を中止させた後も、山田はただ突っ立っていた。そうこうしているうちに、ヤナザキの妊婦が破水して、山田は分娩室に呼びだされた。無事に分娩が終わると、山田は救急室へと階段を下っていった。赤子を抱きかかえた妊婦の「ヤナザキ先生は？」という声が、分娩室を出てからも頭のなかを巡り続けた。救急室に戻ってくると、院長が死斑の浮き上がったヤナザキのベッド横で待っていた。書き慣れたはずの死亡診断書の『死因』の欄に戸惑っていると、鬱血性心不全と書きこむように促された。

「一年くらいのあいだに、近くの総合病院がお産をやめて、あと個人の産科医院も潰れたんだって。そこから、ずっと忙しかったみたい。でも、まさか死ぬなんて誰も思ってなかったって」

語り終える頃には、ぼんやりとしていた光江の視線は遠くのどこかに定まっている。

「人を五十時間も六十時間も帰らせずに働かせておいて、まさか死ぬとは思ってませんでしたって……ねぇ？」

その遠い視線に自分が話しかけられているように思えなかった。

「だから、院長とか事務長のね、葬儀の参列は断ったの。参列を認めて、許されたと勘違いされると困るから」

ふわりとした声の中に確固とした塊を感じる。ごつごつとした肝臓のような塊。

「まだ、わかってないことのほうが多くて」

何の言葉も返せずにいると、

「でも。うん、そう。きっとこれからよね」

どこかから返事をもらったように光江は頷いた。

「あっ。岡田くん、午後に来るって言ってたから。もうすぐ来ると思うわ」

そう言い残して親族の方へと戻っていってしまった。

さきほどの話を思い出しながら、あらためてヤナザキの死化粧を眺めた。亡くなってから三日経っているのだから、指で押しても退色しないほど死斑は完成しているはずだが、皮膚は肌色に塗り固められて頰は紅く染まっている。

頰には綿が詰まっているのだろう。頰だけが異様にふっくらしていて、こめかみは皮膚が薄く骨に張りついている。首の裏にまで化粧が施されていて、死ぬまで働かされた人間の本当の血色はわからなかった。

実際には血管の中に固まった血が詰まっていて、腹の中は漬け物石のように重く冷たい内臓が残されている、と想像した。死ぬまで働いたのだから、弔いの言葉は「これからはゆっくり休んで」がふさわしいものに思えた。しかし、言葉は喉どころか、胸あたりでつっかえて上がってこず、いつまで経っても声にならない。

そうこうしているうちに、七条袈裟《しちじょうげさ》を纏った僧たちがホールに入ってくる。私は棺から身を引き、一番後ろのパイプ椅子に座りこんだ。厳かな読経を聴いていると、亡くなった祖母が思い出される。幼い頃、よく隣に座って般若心経を一緒に唱えた。

肩周りに眠気が降りてきて、岡田に起こされるまで寝てしまおうと目を閉じた。読経の低音はホールの天井に響きあがってから、雨のように降ってきた。

結局、岡田は来なかった。連絡も返ってこなかった。どうせ受け持ちの患者が急変でもして死にかけている、と出棺を待たずにタクシーで葬儀場を後にした。

後部座席にもたれかかり、ホールの片隅にいた二人組を思い返した。親族からも、わずかに訪れた弔問客からも離れて座っていた一組の男女。目の焦点を失ったまま、ぼんやりとしている男と、うつむいて涙を流している女。あれがおおかた上司の山田と看護師の稲田なのだろう。明らかに経験豊富そうなあの産婦人科医も、過労死した人間ははじめて診たに違いない。

山田は死因欄に鬱血性心不全と書きこむのを拒否したらしい。警察に通報して、ヤナザキは検死となったそうだ。なんであれ、二人の産科医と一人のベテラン看護師を失うことになるのだから、ヤナザキの病院も近々お産の受け入れを中止するだろう。あのまちではお産ができなくなるから、妊婦や患者が流れてくるかもしれない。

タクシーが高速道路を降りて幹線道路に入った。フロントガラスの端に白亜の高壁が侵入してくる。町の外れからでもそれとわかるほど、病院は人目を引く外観をしている。白い外壁が秋の田園風景に突如そびえていて、オペ室がある北壁などは窓がなく、知らぬ人は殺風景なその外観に焼却施設と見紛う。近づくと純白に見えた外壁にこびりついた雨垢《あめあか》や排気ガスの煤汚れが目につく。

この病院に赴任した当初、状況は今ほど悲惨ではなかった。むしろ、手術経験が積めるのだと、奥内と同様に新人外科医らしい青写真を持っていた。しかし、市立病院が救急撤退したあたりから、何かが狂いはじめた。何十台もの救急車が毎日来て、その忙しさに一人二人と医者が辞めはじめると、一人当たりの受け持ち患者が増えて休みは一日もなくなった。

タクシーがスピードを緩めていく。それまで追想の中で聞こえていたサイレン音が大きくなって、後ろから迫ってきた。タクシーが路肩に止まると、救急車はタクシーを追い越していき、一足先に病院へ入っていった。

運転手が一息ついてから、

「ここの先生ですよね」

にこやかな声で話しかけてきた。タクシーはゆっくりと発進する。私は返事をせずにただ頷いて返した。

「少し前に、うちの母親がここでお世話に」

バックミラーに皺の入った目尻が映る。

「おかげさまで、今もかわらず元気で」

「それは、よかった」

タクシーは左折のウィンカーを出して、横断歩道の前で止まった。病院の裏手では救急車のリアハッチが開いて、患者を載せたストレッチャーが院内に駆けこんでいく。その急ぎようから、かなりの重症だとわかった。

「裏口におつけしましょうか」

「いえ、正面玄関で。あの人は同僚が診るので」

タクシーはロータリーを半分回ってから、正面玄関の前にちょうど止まった。車から降りてみると、懐かしさが込みあげてくる。いつも裏口だったり、救急入口から出勤と退勤をしていて、正面玄関に来るのはひさびさだった。入口の自動ドアが開くと、入ってすぐ横に初代院長の胸像が鎮座している。分厚い胸周りとでっぱったエラをした胸像に真正面から向き合った。

彼は太平洋戦争で大陸に渡った軍人だった。終戦後にシベリアへ移送されたものの、かろうじて生きのびたらしい。極寒の大地で凍死や衰弱死していった仲間のために毎日墓穴を掘り、凍《い》てついた穴に遺体を放りこむたびに、生きて帰ることがあれば多くの人を救わせたまえと祈ったとか。

数年間のシベリア抑留を終えた後、日本に帰ってすぐにこの病院を立ちあげ、以来、昼夜を問わず、あらゆる患者を受け入れ、亡くなる当日まで手術していたという。そして、亡くなった患者には自ら念仏をあげて弔ったらしい。

最後は、患者の胸に聴診器を当てたまま亡くなったという、誰かが作っただろう逸話もある。彼はきっと軍人然とした敷島以上に屈強な人間だったのだろう。過労死したヤナザキとの違いは、総白髪になるまで体がもったということと、自ら望んだ死に様だったということで、こちらは望みどおりの殉職になる。

胸像の上には額縁入りの『誰の命も見捨てない』と書かれた、初代院長直筆の院是が掲げられている。同じ院是が外科医局や事務局などところどころに飾られていた。

誰の命も。その言葉を口先で声に出すだけでも、畏敬と戦慄、そして、重い疲れがかぶさってくる。すべての人間を救おうとする、聖者か狂人の言葉。いや、軍人、それの言葉だった。彼は最後まで軍人だった。国のために働き続けたのだ。

胸像から離れて、患者をかきわけて裏手に入った。階段を昇りはじめると、こなさなければならない仕事が次々と浮かんできて、太腿にずしっと体重を感じる。そういえば、日中に病院の外に出たのは数か月ぶりだった。最後はたしかまだ暑くて蟬が鳴いていた時期で、役所の手続きで三十分ほど外出しただけだった。


「腸が重なってたってのはわかったわ。それでその原因は？」

山脇が語勢を強めるなか、私は手を動かして腹の包帯を巻きとっていく。ＩＣＵから一般病棟に移った途端、山脇は鬱気味の患者から多弁で煩《わずら》わしい患者に変わった。

「特発性の腸重積です」

「とくはつせい、ってなんや？」

黄褐色の浸出液が腹から染みだし、分厚いガーゼにこびりついて固まっている。

「特発性っていうのは原因がわからないもの、という意味です」

「原因、突きとめてないん？」

「原因を突きとめた結果、原因不明のものだったということです」

ガーゼを剝がすと「痛っ」繊維のバリッと割れた音がする。二日前までなかった縫い目が腹の中央を乱杭に走っている。下腹に広がっていた土色のアフリカ大陸は歪《いびつ》にずれて、今は九州の形をしている。そこへ消毒液に浸した綿球を上から押しつけた。

「痛い痛い痛いっ。いったい！」

酸化して黒ずんだ血の塊を拭いながら、綿球を淡々と縫合部に沿って弾ませていく。

「痛いって、何度も言ってるやろがっ」

「術後の消毒は欠かせないので。膿まないように」

「だからってな、傷口に消毒するなよ。染みて痛むやろがっ。傷口じゃないとこに消毒しろや。それやったら、しみへんやろう？　医者やのにそんなこともわからんのかっ」

荒々しい呼吸で縫われた腹が上下する。

「あのなぁ、原因わからんかったってことは」

縫合された腹が大きく膨らんでから、ぐっと硬くなった。

「オペ失敗ってことやろ！」

「違います」

「いや、失敗や。失敗したもんに金は払わん。痛い痛い。痛いって！」

「あぁ、お金ですか」

医療費が払われなくて困るのは事務員だから、問題なかった。

「絶対、払わんからな。痛い痛い」

「でも、山脇さん」

「なんや」

「お金払わないと、また今度、腸がはまった時にうちに来れないですよ」

「こんなとこ来るかい。他のとこ行く。もっといい病院に行くわ」

「他のとこ?」

口から自然に関西弁のイントネーションがもれた。ふとした時に出るということは、この五年でそれなりにこの地域に染まってきた証拠だった。

「他のとこ、かぁ」

土地に染まった感慨に消毒の手が止まる。

「夜中に救急してるとこ、他にあったかな」

「そんな近くにいくらでもあるやろが」

「近くの病院が受け入れてくれなかったから、わざわざ高速に乗って来たんでしょう?」

「近くの病院、他の救急車を先に受け入れてたから無理やったって、救急隊から聞いてるわ。今回、運が悪かっただけや」

他の救急患者を受け入れたところなので、現在受け入れできません。今晩は満床で受け入れできません。ただいま病棟で入院患者の急変中なので受け入れできません。というのが、病院が救急車を断る時によく使われる建前だった。

今日は眼科医が、あるいは皮膚科医が当直なので、といった救急の少ない科の医者になりすまして断るやり方は、小さな病院がよく使う手口で一昔前に流行した。最近は救急医療から撤退する病院が増えて、『いつの日も夜間だけ満床』の病院が増えている。

二十四時間救急医療を行っている病院ですら、あらゆる人間を受け入れるわけではなかった。

隣県の救急外傷センターでは、暴走族の交通事故は受け入れない。出身大学の整形外科では任侠の小指切断後の断端形成処置は受けつけない。そういった受け入れを選別するラインはどの病院にも存在する。もうかなり前から選別は行われていて、それを知らないのは患者だけだった。

「へぇ。ただ、次回運よく他のとこに受け入れてもらえても、点滴だけ繋がれて朝までほっとかれますよ」

山脇は返事をせず、頭の後ろで腕組してから天井睨みの状態に入る。本心からの助言は無視されたが、心は晴れやかだった。いっそのこと、私でも看護師でも殴ってくれれば、さらに申し分ない。

七年前、大阪市内の研修病院で暴れた患者がいた。心臓の治療が終わった後、立つことも座ることも制限された寝たきり生活に患者は苛立ちをつのらせ、とうとう言いつけを破ってベッドから立ちあがった。止めに入った看護師が殴られ、駆けつけた主治医が殴られた。患者は廊下へ出ると、当時研修医だった私を突き飛ばした。彼は薄緑色の病衣のまま、病院を出ていき、戻ってくることはなかった。

それから一週間して、その患者は近くの商店街で不整脈を起こして倒れた。駆けつけた救急隊は、そちらのかかりつけ患者です、と受け入れ要請をよこした。私の横で主治医が右頬に片手をやって黙りこんでいた。彼が患者に殴られた場所は右側の頬だったかと思い返していると、主治医は隣の病院事務を見つめてから、おもむろに首を横に振った。

事務は黙って頷いて〝現在、重症患者の受け入れ中のため〟とすげなく断りながら、ブラックリストにその患者の名前を加えた。祝日の夜更けだったこともあって、救急車はその後、同じ区内の受け入れ先を見つけられなくて、隣の区まで運ぶことになったらしい。

〝残念ながら、うちに到着した時には、もうお亡くなりになられてまして〟

後日、死亡診断を下したその病院から電話がかかってきて、そういった転帰が知らされた時、胸に一片の罪悪感も生じなかった。患者を見殺しにしても罪悪感が生じない条件があることを、私はその時に学んだ。

前の病院では暴力に暴言、治療費の踏み倒しなどの他に、主治医が気に食わなければそれだけで断れた。今の病院では暴力だけが患者を断れる要件だ。初代院長が存命の時は暴力を振るってくる者ですら、何度も受け入れたらしい。

山脇の腹の消毒を終え、その足でナースステーションに寄ると、私は数日後から開始する彼の食事メニューを開いた。治療費を払わないと宣言している山脇にふさわしい食事を選ばなければならない。

カロリー制限、たんぱく制限、塩分制限、脂質制限など制限事項に目を滑らせていく。術後はカロリーやたんぱく質を豊富に取らないと傷口の治りが悪くなるから、米や肉類の制限はできない。

追記欄に『ケーキ、フルーツ、ゼリーなどのデザート類は一切なし。おやつもなし』と記入した。書きこんでから取り消しすることも頭をよぎったが、山脇が一度も敬語を使わなかったことを思い出し、そのまま提出した。

一階へと降りると、午後の一般外来が終わっていて、どの科の待合もがらんとしている。廊下をつっきって折れると、救急の待合にはマスクをした患者が数人座っていた。

救急室に入ろうとした時、ちょうどドアが開いた。出てきたのは、白い布を被せられた遺体だった。ベッドの後ろから患者の家族らしき数人が出てきて、奥内が見送った。

ドアから遺族に頭を下げると、奥内はそのまま隣の救急控室へ引っこんでいった。

「家族説明も死亡診断書も済んでるわ」

奥内は控室のソファに歩いてきた勢いで座りこんだ。頷いて、隣に腰かけた。

「当番ありがと、たすかったわ」

「そんな来んかったし」

開けっ放しの控室から、先ほどの救急車の患者が見える。あばら骨の間に太いチューブが刺しこまれていた。事故で胸を強く打って、それが原因で肺がしぼんでいるらしい。

「それより、ヤナザキはどうやってん」

「棺のなか入ってたわ」

声に漏らすと、その響きに自らの胸が揺さぶられる。

「なぁ、ヤナザキの化粧した顔見たことある?」

「化粧? いやぁ、記憶にないなぁ。化粧っけない奴やったからなぁ。卒業式のときも、着物きてたはずやけど、メークはしてなかったんちゃう。なんで?」

「ヤナザキな、厚化粧しててなぁ。そのせいかな、別人みたいで。全然、かなしくないねんけど」

「そうか。おれも、行けばよかった。一回見てみたかったなぁ、あいつの化粧した顔」

奥内の声は尻すぼみに小さくなる。

「過労死やって。あいつ、痩せてたからな」

神経質に引かれたヤナザキの顎。よく咀嚼する癖があって、食べる量が少ない割に食べ終わるのは一番遅かった。学生時代、背骨をまっすぐ伸ばして昼休みのあいだ嚙み続けるヤナザキが思い出された。

奥内はソファに背を預けると、

「なぁ」

息を堪《こら》えながら細く吐いていった。

「ヤナザキさぁ、絶対わかってたよな」

「どうやろう。何か感じてたんかな」

「あいつ、鈍くはなかったやろ。喋るのはうまくなかったけど」

夕方も六時を過ぎて陽は落ち、外は暗く沈んでいる。ヤナザキも大雑把な喉と強靭な胃腸を持っていれば、あともう少し生きられた。と窓に映る肥えた自分の喉を眺めた。窓にはおもむろに立ち上がって、デスクを詮索する奥内が動いている。

小さな手鏡を手に取って戻ってくると、ソファに首を預けてそらせ、口をあんぐりと開けた。がちゃがちゃと並ぶ下の歯の一番奥に、真っ黒な塊があった。

「きったない奥歯」

「あぁ？　これか」

奥内は虫歯を指でざらざらと触ってから、

「しょうがないやろ。歯医者あいてる時間に仕事終わらんねんから。この二年で休みの日なかったし。うちに口腔外科あったらなぁ」

歯を咬《か》み合わせて、かちかちと鳴らす。

「歯ぁみがく時間はあったやろ」

「あほか、こんな忙しかったら、歯磨いてもストレスで虫歯なるわ。おまえが元々虫歯になりにくい体質なだけや」

奥内は奥歯を親指と人差し指でつまんで揺すぶった。

「だいぶぐらぐらしてきた。もう少ししたら、自分で抜こ」

「抜いたことあるんか？」

「ない。まぁ、歯茎に麻酔打って、引っこ抜いたらなんとかなるやろ」

奥内は満足げに頷いて、

「もうちょっとおいとこ」

手鏡を下ろす。「あぁ、救急車来たな」と呟くと「はぁ？」と奥内は眉をひそめた。

「来てないけど」

奥内が手鏡をデスクに戻して、大きく伸びをしたところで、サイレン音が窓ガラスを揺らしはじめる。

「あぁ、ほんまに来た。内科の患者か」

デスクに片手をついて、奥内はアキレス腱を伸ばした。深い腹式呼吸をして、脚を前後にいれかえてから、「おまえはほんまに」と憐れんだ瞳をよこした。

隣室でドアの開く音がして、慌ただしい足音が飛びこんでくる。取り乱した叫び声が部屋全体に響いた。

「だいじょうぶ、だいじょうぶ。ゆーっくり、ゆーっくり呼吸してー」

叫び声の合い間に、患者をなだめる優しい声が聞こえてくる。

「小谷って今日も救急担当？」

見上げると、奥内は両耳に指を突っこみ、無音の中でストレッチを続けている。

「刺されたのは、腕とお腹と、あと他にあるー？」

わめき続ける人間を見ようとした時、津久井が控室にひょいと顔を出した。

「そろそろ額の傷、ナートしてもらっていい？」

「あぁ、忘れてたわ」

「無影灯ないベッドだけど」

「ええよ。ただ当番交代。こっからは公河」

「奥内先生、さっき自分が縫いますよって患者に言ってたじゃない」

「あぁ、そうやった。まぁ、いいやろ。大丈夫や、もう覆布《おいふ》を顔にかけてるから、誰が縫ってるかばれへん」

　ガラスの破片が額にまだ埋まっていることなど、奥内はビール瓶で頭をかち割られた患者について話しながら、救急室へと入っていく。部屋の奥では、目を剝《む》いた若い男がストレッチャーの上で三人の救急隊員に抑えつけられている。

「うんうん、そう。じゃあ、今から気分が落ち着く薬をいれていくからねぇ」

　小谷は注射器を片手に持って、ゆっくりと薬剤を流しこんでいく。その横を通り過ぎて、奥のカーテンを開けた。

　黒い革張りの診察台に一人の人間が横たわっている。顔全体に布がかけられていて、布のまんなかに開いた丸穴からは割れた額だけが露出していた。診察台の横の処置台には、すでに局所麻酔薬が入った注射器や縫合《ナート》セットが用意されている。

　診察台横のイスに腰を下ろしても、処置用の深緑色の布が頭部全体をおおっていて、顔どころか頭髪まで見えず、性別も年齢も見当がつかない。呼吸音も聞こえず、口元の布も息で揺れていない。

　津久井が懐中電灯を点けて額を照らすと、ぶつぶつとした毛穴はたちどころに光の中に消える。額は均等な黄白色になり、傷口は赤々しく存在感を増す。

　私が透明な麻酔薬の入った注射器を処置台から拾うと、奥内が横から一歩足を踏み出して、診察台に顔を近づけた。

「お待たせしました。先ほど説明したように、今から傷口縫っていきますねー。まずは局所麻酔します。ちょっとチクッとしますー。痛いのはここだけですからねー」

奥内が声をかけても返事がない。頭は動かず、手足も微動だにしない。

「ちょうどええわ。寝てるうちに打ってまえ」

耳元でささやくと、奥内は腕を組んで後ろに引っこんだ。

割れた額に28Gの針を突き刺し、麻酔薬をあまさず注入していった。注射針を額から抜くと針穴から血が漏れて、雨粒みたいに血の滴が丸くなった。裂けた傷口を鑷子《せっし》で摘まむと、額が反応して縮こまった。麻酔が効いていなかった。

「その麻酔薬に耐性があるんだろう」

背後から副医長の浜中の声がした。

「違う薬にかえたほうがいい」

ななめ後ろから、ひょろ長い背格好の浜中が紳士然とした微笑で、新しい麻酔薬を手渡してくる。同じ針穴を探って、針を突き刺した。

「もっと量をいれないと。そこらへんは皮下が硬くて入りにくいから」

後ろから浜中が急《せ》かし、奥内は隣で頷き、津久井の手にはもう一本の麻酔薬が握られている。

汗が急に滲みだした。私はなぜか躊躇した。

顔を動かさずに目だけで周囲を見渡した。見られている、という感触があったからだった。しかし、誰もが額に視線をやっていて、誰もこちらを見ていない。それでも、監視されていると感じた。

私は深緑色の布に視線を落とした。寝たふりをしているだけで、布の下からきっと私を凝視している。麻酔が効かずに皮膚が痛みで縮んだ時も、布の下で両目を開けて私を見張っていたのかもしれない。それはかまわない。起きていようが、寝ていようが、寝たふりをしていようが、縫われる者の自由だ。しかし、どうして監視されていると感じるのか。

こういったことが今までに何度かあった。だいたい切ったり縫ったりする処置中に誰かの視線を強く感じた。監視されているという感覚は、私の中のやましさによって作りだされたものに違いなかった。しかし、いつも処置自体は至って適切なもので、何からやましさが生じているのか、今回も見いだせない。

このまま麻酔なしで縫合してしまおうか、とあらぬ考えまで頭をもたげてくる。私は深呼吸をしてから注射器に力をこめた。注射器を持つ手にさえ、視線が注がれている感触があった。物憂げな手つきで麻酔薬を押しこんでいった。

これは死体なのかもしれない。すでに死んでいる。血が出たのは、寝たふりではなく、生きているふりをしているからだ。私に切らせるために、この死体を奥内は放置していた。

「おいっ」

奥内の呼びかけに呼吸が止まっても、その考えは払拭《ふっしょく》できない。理解できない観念なのに、むしろ腑におちていく。

「もう十分やろ。おまえ、入れすぎぎや。皮膚パンパンになってんぞ」

額は麻酔薬がつまって、鶏の卵くらいに盛りあがっていた。促されるように鑷子で傷口を摘まんでも、皮膚は無反応だった。

「な?」

ふぅ、と蒼い息を吐くと、これが死体だという空想もまた消えさっていく。

「ビール瓶の破片、ここらへん」

奥内の囁きに操られるように、私は人差し指を傷の奥へとめりこませていく。肉をかきわけた先に、こつんとした感触があった。

「だいぶ奥やろ? 開かなとれへんな。津久井さん、こいつにスピッツメス」

メスを受けとると、奥内は傷口を両手で開いて待っていた。誘われるままに、淡々と肉を切り開く。メスを入れるたびに真っ赤な血が滲みだした。ガーゼで押さえると一瞬で血を吸って、四枚重ねの繊維は赤く染まる。血を吸ったガーゼの重みにやましさが増した。

治療のためなら、身体をどう弄《いじ》ろうと医者の自由だ。臍の横に人工肛門を造ろうが、膀胱を体外に造ろうが。胸を開けて食道をすべて取っ払って、代わりに腹から持ってきた小腸を繋ぐこともある。震えはじめる両手を、私は体重をかけて押さえこんだ。

奥内が傷口を大きく捲ると、深くに前頭骨が垣間見えた。それを覆う半透明の骨膜に背筋が凍りついた。この忘れられた人間を私は知っている気がした。親だろうか。それとも祖母か。あるいは、学生時代の元カノかもしれない。

たしかなのは奥内が嘘をついていることだった。仕事を押しつけたいからではなく、私に近親者を切らせたかったのだ。

「その奥らへんに、欠片ないか?」

奥内は肉を引っぱり、骨から剝がす。裂かれた肉に目を凝らす奥内を、私はうかがいながら、血がたまらない肉の丘に触れた。

「ここの、ふくらみ?」

声を出すと、鬱滞したものが頭から抜けていった。やにわに、散漫だった意識が冴えわたってくる。何の根拠もない直感のままに、わずかに膨らんでいる部分、そのわきから人差し指をすべりこませた。煮込まれたシチュー肉のように、ひどく癒着していた肉と骨膜が骨から簡単に剝がれていった。

指先の感触は肉の弾力から骨の硬質なものに切り替わり、真っ白い骨が見えた。骨膜に分厚く覆われた部分は濁っているが、覆われていない部分は雪のように純白だ。骨膜を剝がされた白い骨を私は撫でた。骨は硬く温かかった。

「今ごろ、ヤナザキは焼かれてるんやろな」

背後から奥内が語りかけてくる。

「骨だけになってるんやろうな」

奥内の独り言は当てつけのように感じた。目の前のこの身体がヤナザキの遺体のように感じられてくる。ありえないとわかっていても、そんな錯覚が実感をともなって湧いてくる。胸が静かに後ろへ引かれる心地がした。私はどうやら後悔している。火葬までは立ち会えなくとも、せめて出棺まで待つべきだったと。瀕死《ひんし》の人間には飛びつくくせに、死にきった人間には無頓着。これが職業病か、と胸が燻ってくる。

骨膜の手前に鈍く光るものを見つけて、締まった筋肉からガラス片を抜きだした。肉のかすがこびりついていた。そのかすを指でガラス片から引きはがしながら、自分にまとわりついた、この一連の奇怪な錯覚を拭おうとした。

おそらく、今の私は生体と遺体の区別がつかないでいる。それだけではなく、家族や友人知人たち、それらと赤の他人の違いもうまくわからない。睡眠不足か働きすぎか、あるいはその両方でそういった境界がなくなりつつあった。

綺麗になったガラス片を膿盆《のうぼん》に落とすと、カランと音を立てて転がった。乾いた高音とともに、その不明な感覚も消え失せていった。安堵の息を漏らした時、救急用ＰＨＳの震える音がした。

全員が同時に息を吸って黙った。

津久井が奥内の胸ポケットからＰＨＳを取りだして彼の耳に当てようとすると、

「だから、おれはもう当番あがりやって」

奥内は首をよじってＰＨＳを避けて、

「あっち」

血が付いたままの手袋でこちらを指す。

「もう丸三日、家に帰れてないねん。今日はもうあがる」

津久井はかしこまった顔をしてから、ＰＨＳを右耳に当ててきた。ぬちゃりとした、べたつきを耳たぶに感じる。老けた臭いがした。奥内の顔の脂の臭いだった。

「宮之裏消防の瀬戸口です。あぁ、公河先生お疲れ様です。あの、南町の三丁目交差点で、家族三人を乗せた車の交通事故です」

「三丁目？」

「そうです。あそこの交差点、狭いわりに交通量が多くて。タクシーの抜け道になってるところで。見通しの悪い道ですけど、スピード出す車も多くて」

いつか、ゆかりたちと食べに行く約束をしたインドネシア料理店のセラマットは、敷島と歩いたあの通りから北に上がる坂道、それを登りきった「ほんまち」の三丁目にあるらしい。

「両親の体にシートベルト痕があり、高エネルギー外傷です。全員意識ありますが、母親はお腹を痛がっており、内臓損傷の疑い。父親は胸を痛がっていて、サチュレーションが96%。子供は窓ガラスで腕を切っています。先ほども二人受け入れてもらったばかりで申し訳ないですが、医療センターも厳しいようなので、一人でもいいのでお願いします」

救急室を見渡すと、腕の傷口が膿んで腫れあがった人間、口に盆をあてて血痰を吐いている人間、デスクには歩いて来院した急患のカルテが数枚重なっていた。

「何の患者」

奥内は手袋を剝ぎながら目を細める。後ろには浜中がちらつく。

「交通事故」

今は患者を診たくなかった。まだ誰かに見られている感触があった。

「重症なんか？　高エネルギー外傷？」

怪我人が三人いることは浜中にばれずに、三人の内でもっとも軽症の人間だけを受け入れる台詞を思いめぐらせた。『じゃあ、その子供受けいれます』という言い回しを思いついた矢先、

「公河くん、全員受けいれよう。三人とも」

浜中が間髪を入れずに口を開いた。

「手術室が二室空いてたはずだ。奥内君、電話で確認して内臓破裂の術名でオペ室、仮押さえして。公河君は敷島先生に連絡。津久井君、受け入れの準備はじめて。父親は緊張性気胸の可能性があるかな」

戸惑っているうちに、

「浜中先生、耳いいのね」

「そうなんだ。なぜか、最近人の声がよく聞こえるんだよね」

「助かります。では三人とも搬送します。十分後に到着します」

津久井の驚いた声と救急隊員の嬉しそうな声が、左右の耳から入って頭で混ぜこぜになる。奥内は行き場のない息を吐き散らしながら、手袋を剝いでゴミ箱に投げ捨てた。


内臓破裂の手術は深夜に終わった。くたびれた脚で手術準備室を抜けていき、金属扉を開けた。ベランダに出て扉を閉めると、全方位から光がすぅっと消え失せていく。煙草の灯りがないと、完全な暗闇だった。

目の前の暗がりに目を凝らしても、手前も奥もわからず、顔の前に手をかざしても何も見えな

い。立っているかどうかも、確信がもてなくなってくる。畏《おそ》れながら足を一歩前に踏み出すと、足裏に体重がかかってきて、たしかに私は立っている。

手の先に金属の手すりが触れた。夜気を浴びて、手すりは鈍く冷えている。両腕をあげて外気を吸いこむと、秋草の枯れはじめの匂いが鼻腔に届いた。

ざざ
夜風に強烈な波音が立って、ベランダに押し寄せる。遠慮知らずな草擦れの音に鼓膜どころか頬まで震わされる。

波と違って、引くことを知らない葉音。途絶することなく続くそれは巨大な要求に思われた。押し寄せるばかりの音に、息を継ぐタイミングがわからなかった。息があがりきったままで、重心が失われていく。

前に倒れていっているのか、後ろに倒れていっているのか、それすらもわからない。ただ、落ちていく途中だけが感じられる。夜草のうねりが全身に響くのだから、ベランダから前方へ倒れて、草原のほうへ落下している。

四階からの転落。硬い地面に叩きつけられる、と身を強張らせた。縮こまるのは筋肉だけではなかった。腱、血管、皮膚までが締めつけるように強く収縮した。しかし、いつまでも落ちている途中だった。長い長い落下。それこそが苦しみそのものに思えた。

全身をこれ以上強張らせることはできず、息を堪えても待ちきれない。全身が反動でゆるみ、よろめいた。すると、片手に手すりが滑りこんできた。その無機質で金属的な冷たさに、まだ自分がベランダ側に留まっていると実感できた。

上半身はいまだ浮《うわ》ついている。その場に屈みこむと、体の奥から疲れと眠気が噴《ふ》いた。ベランダのコンクリにべたりと座りこむと、浮き身がかっていた上半身も錘《おもり》のように重くなって、背骨をまっすぐ保てない。背骨の先端にある頭がもっとも重くて、私は金属扉にしなだれかかった。

体内に溜まった疲労の塊に身震いが起こる。心臓も蓄積した疲労に気づいたように、途端に強く速く鼓動を打ちはじめる。こめかみの血管が怒張しているのがはっきりと感じられた。夜草の誘う音は構わず続いていて、立ち上がると引きずりこまれてしまいそうだった。全身から力が引いていき、かわりに真っ暗な視界にガーゼのような白い格子模様が広がっていく。

唾を飲みこんで疲労と畏れを押さえつけ、手すりを片手でつかみながら、もう片方の手で金属扉のノブを探る。非力になった手ではノブは回らない。なんとかノブの片側にもたれかかるように握り、背骨を絞るようにして回した。

ノブが回転すると、かけていた体重で金属扉はボンッと夜気を巻きこみながら開いた。つんのめりながら前方に倒れて、部屋に転がりこんだ。金属扉が閉まると、ざわざわと誘う音は聞こえなくなった。

手術備品の黒光りに平衡感覚が戻ってくる。いくぶん気持ちが安らいだが、まだ頬の産毛は逆立っている。両手でけばだった頬を挟んだ。白んでいた視界が薄暗さを取り戻していく。眠気が急にあふれだして、瞼が勝手に閉じていった。

身体に力が入らなくなっていた。誰かの声がして、また遠のいていった。廊下を話し声が足音とともに通り過ぎていく。重々しい瞼を開けると、入口のドアの隙間からわずかに漏れる光が、堆《うずたか》く積み上げられたダンボールを淡く照らしている。

私は這いながら、ダンボールの山へと近づいていった。そのうちの、補助食品と書かれたダンボールを引っぱってふたを開け、その中に腕を突っこんだ。手が痺れていて、力が入らない。指の間に何かを引っかけて腕を引き抜くと、手の中にビタミン入りのプリンが収まっていた。包装を歯で噛んで剝がし、手でつかんで口にほうりこんだ。千切れたプリンはいくつかの塊のまま喉に滑りこんでいった。

ダンボールにもたれながら、浅い呼吸を続ける。手の痺れが和らいできた。隣の山に目を移し、補液と書かれたダンボールから点滴バッグを取りだす。棚から漁った注射針を刺してハチドリのように点滴バッグから溶液を吸いあげた。口のなかに濃厚な甘さが広がって、舌を強く圧迫した。飲み下すと、強烈な胸焼けがこみ上げてくる。吐きだしてから、バッグを光にかざすと、高濃度ブドウ糖輸液と書かれていた。咳きこみながら他のダンボールを漁り、電解質液の点滴バッグを探し当てて口直しをした。

溶液を体内に詰めこんでも、腹は依然として虚しかった。ただ心臓は増えた水分で、今は穏やかに鼓動を打っている。心拍が力を取り戻すと残っている仕事を思い出し、私は準備室を出ていった。

隣のベッドから、なれなれしい声が聞こえる。その口ぶりは、初めてできた恋人に話しかけるように不慣れで優しい。

3

奇妙なことに、その声に対して相手からの返答が一切なかった。カーテンの切れ目からのぞくと、奥内が患者の顔面に巻かれた包帯をほどいている。車の底で引きずられたあのミイラ患者だった。どこかで助からないものだと思っていたのかもしれない。あれから一度も思い出さなかった。

快方に向かっているようだった。口から管が取れており、自力で呼吸できるようになっている。それでも、頭の鉢には金属棒がまだ埋めこまれていて、吊りあげられた姿は操り人形に見える。奥内が包帯を一周巻き取るごとに嵩《かさ》は減り、最後に小さな頭が残る。手術前に剃られた頭からは髭のような短い髪が生えだしているが、頭頂の縫い痕は痛々しいほどはっきりとあった。顔の前面に大きなガーゼが貼られていて、奥内がガーゼを剝がすと、猿に似た呻き声がもれた。

中学校から下校途中に車に轢かれ、その後、車体の底で数百メートル引きずられたのだという。

そのせいで顔は大部分が焼けただれ、毛穴のない皮膚が薄く光りながら波打っている。両眼はともに白く濁って、鼻は溶けて無くなって二つの縦長の穴だけがある。上唇も剝がれて歯茎が剝きだしだ。人は顔面がなくても生きていけるらしい。凹凸のない顔は電球みたいだった。

「おぉ、おまえか。入れよ」

奥内が振り返った。

「一か月でここまできてん。まだ目もみえへんし、耳も聞こえへんけど」

穏やかな声で、耳の火傷が落ち着けば人工内耳を、とりあえず、来月には焼けた眼に人工レンズを入れる予定だと説明を続ける。

枕もとの患者の名前は明らかに男性名で、ミイラ少年だなと私は丸焼けの顔をじっと観察した。少年の顎から涎がこぼれ落ちるたび、奥内はガーゼでまめまめしく拭う。

「まだな、つばも飲みこまれへんし、声も出されへんねん。耳鼻科に喉も作ってもらわんと」

奥内は少年の病衣をたくって、つきたての餅のような幼い腹を晒《さら》した。臍の少し上に腹の表面と胃を繫ぐ胃瘻《いろう》が造設されていた。

「おれが造ってん。綺麗にできてるやろ」

奥内は胃瘻の蓋をパチッと開け、流動食が詰まった注射器を手に取った。カテーテルチップの先端を腹の穴に突っこむと、「さぁ、夕飯やぞ」と押しこんでいった。クリーム色の流動食は音もなく穴に吸いこまれていく。

注射器数本分の夕食を平らげると、少年は顎を数回前後にしゃくって、胃瘻の蓋からごふっとゲップをもらした。

「お腹いっぱいやな。さぁ、顔冷やそか」

奥内はガーゼに軟膏を伸ばしながら、

「びっくりしたらあかんから」

と手を握るように催促する。少年の右手には火傷痕があるだけで、ガーゼも何も貼られていない。少年のおにぎりのような手を握ると、芯のある生命力で握り返してくる。「あぁ」と自分の喉から歓喜の声がでた。

「元気やんか」

「そうや、体はな。あとは、いろんなもんを取り戻していくねんなぁ？」

奥内が少し大きな声をかけると、少年はくすぐったそうに首をすくめる。耳は聞こえなくとも、体で声を感じている。火傷をまぬがれた首の皮膚が返事するように赤く染まっていった。奥内がガーゼを顔に貼ると、ミイラ少年は高くはずんだ声をあげた。

「だいじょうぶ、だいじょうぶ」

手を優しく握って気を散らしてあげると、少年は腹を揺らして、おぉっ、おぉっ、アシカのような声で反応する。「それ、笑い声」と奥内は口元を緩めて、気分良さげに新しい包帯を顔に巻きはじめた。

奥内が上機嫌に半分ほど巻きあげた時、

「敷島がさ、今晩ほんまちやってさ」

私は少年の手を握りながら何気なく話した。すると、奥内は手を止めて、目の端で睨んできた。

「いつも、抜けるのは一時間半か二時間くらいって言うけどな、その間、おまえの患者おれが診てんねんぞ」

「敷島に言えよ。おれだって、カルテの整理も終わってないのに、町まで連れてかれていい迷惑や」

「いま重症の患者がいるんでって言えば、断れるやろがっ」

怒りでくぐもった奥内の声に、ミイラ少年の肩がかすかに震えた。奥内は怯《おび》える少年の手を私から取り上げると、

「なんや、ほんまちってのはそんなに楽しい場所なんか？　おれも連れてってくれよ？」

あの町を独占したいわけでもないのに、返事が喉から出てこない。黙っているうちに、奥内は背を向けてしまった。そこから、奥内は少年にだけ話しかけた。刺々《とげとげ》しい肩先にこちらも黙り続けるしかなかった。

自宅のマンション。当番を外れた夜。風呂に入っている間。かつてはところどころにあった何者でもなくなれる時間と場所が今では一つもない。ひどく忙しくなった最近では、どこにいても、どの時間でも呼び出された。患者から逃れられる時間はない。ほんまちだけだった。

ほんまちのいつもの店には一時間ほど遅れた。個室で美空とゆかりは横並びに座って飲んでいた。十分もしないうち、敷島はいつものように煙草を持って個室から出ていく。

その足音が充分遠ざかったのを確認すると、美空は持っていたグラスをテーブルに置いて、

「きみくん、この前の続き」

前回に途中まで語った、奇妙な出来事の続きを催促した。

「生検でようやく診断がついて。その女の子はやっぱり癌で、すぐに手術になって。オペっていっても、お腹に何個か小さい穴開けて、そこにカメラと機械つっこんで、画像見ながらするタイプ。手じゃなくて、機械のアームで切るやつ。それで癌が生えた腸をちょんぎって、あとは腸をくっつけるだけ。さすがにアームの先端で腸は縫えないから、専用の器械があって、吻合器《ふんごうき》っていう器械だけど。それを穴からお腹に入れようとした時、看護師が癌を入れた盆を派手に落として。それはまぁ、別にいいけど、ふと見たら、浜中先生の手にあった吻合器のアンビルがなくなってて。みんなで床とかいろいろ探しても、どこにもない。じゃあ、手から落とした拍子にちょうど腹の穴に入って、体内に落っこちたんだろうって。それで、カメラでのぞいて、それでもなくて、アームで小腸かきわけて、あと、胃の下にないか、胃と肝臓の間にないか、とかいろいろ見てもどこにもなくて」

「なんか、駐車場の券、失くした時みたい。あれって、最後まで見つからない時があるのよね。絶対、車か鞄のなかにあるはずなのに」

「そのフンゴウキって、小さいの？」

「器械自体は細長いけど、失くしたアンビルって部品は、これくらいのペットボトルのキャップくらいの大きさ。銀色で光をチカチカ反射して目立つんだけど」

「駐車券より失くしようないじゃない」

「今までそんなこと一度もなかったけど、そのときはほんとにどこにもなくて。それで、困り果てた時に、隣の手術が終わった敷島先生が来て、レントゲン撮ればわかるだろうって。それでポータブルのレントゲン機をオペ室に運んできて、手術台の上から腹をレントゲンで撮って。でも、腹のどこにも映ってない。浜中先生は、腹の中にないなら、もういいかって。新しい吻合器のアンビルだして、腸繋いで終わろうって。でも、敷島先生は、オペ室のどこにもないんだったら、腹の中に絶対ある。レントゲンって言っても、肉眼じゃないし、背骨とかに重なって映ってないんだろうって。死角にあればカメラにも映らないから、腹をばっさり切ろう。腹を開いて、目で見て、手で探れば、見つかるからって。でも、浜中先生は、小さい穴から癌を切除できたのに、今から腹を裂くのはありえない。このまま、腹の中をカメラでもなんでも使って探しだそうって」

「ふーん」

「浜中先生は、その患者が幼い女の子だから、傷痕残したくなかったのかも。たしか、同い年くらいのお子さんがいたはず」

「それでそれで？」

「カメラで粘って探しても全然見つからなくって。敷島先生が、吻合器を腹の中に置き忘れたら問題だ。絶対に回収しないとって」

「お腹にそんな金属を置き忘れたら大変よね？」

「それでお腹を切って開けたら、吻合器、お腹の中のどこにもなくて」

するとゆかりと美空は顔を見合わせてから、

「え。こわいこわいこわいこわい」

と声をあげて身を寄せ合う。

「怖い話なら、初めからそう言ってよ」

「じゃあ、お腹切る必要なかったってこと？」

「結果的には」

「それでフンゴウキ、結局どこにあったの？」

「手術が終わった後も、どこにも見つからなくて」

「どこにもないって、そんなこと。ねぇ？　ゆかり」

「なんか、きみくん。顔色悪くない？」

「最近もっと忙しくなって」

「冬だから？」

「医療センターが少し前に救急から撤退した」

「あぁ、なんかニュースで見たかも」

この市で一番大きな救急病院が患者の受け入れを停止してから、異常な忙しさが続いていた。かつては当直であっても二、三時間の仮眠が取れることが多かった。しかし、今は夜通し働きづめだった。

「ごはん食べなきゃ」

「食べてるんだけど、なんか全然。体重も減ってきて」

疲労はあっという間に溜まり、体に異常をきたしはじめた。睡眠不足なのに寝つきが悪くなり、腹が張るほど食べても満腹感がわかなくなった。

持っていたグラスをテーブルに手放した。酒は体を重くするだけだった。酔いはまったく回ってこず、体温もあがってこない。頭だけが痛くなってきて、何もほぐれてこなかった。

「ゆかり、やめなって」

俯いた顔を上げると、ゆかりが敷島のジャケットを探って、黒い携帯を取りだした。

「前も何もなかったじゃない」

美空は箸を置いて声をかけるが、

「メールが少なすぎる」

情緒不安定なクリック音が続く。

「きっと、消してる」

「消す暇ないって。寝る時間もないのに」

口に出して初めて怒っているのだとわかった。ゆかりでもなく、誰か一人でもなく、普段着の塊に向けての怒りだった。ゆかりは携帯からこちらに瞳を一息に移した。ディファインのコンタクトが追いつけずにズレて、歪んだ黒目が鏡餅のようになって睨みつけてきた。

「寝てないって、ここに遊びに来れてるけど」

苛立ちで膨らんだ唇が「うそつき」と続いて動いた。

「どうせ、家で寝てても、すぐ呼び出される。ここは電波悪いから、携帯も繋がらん。ここに来たら患者と、縁切りできる」

言い終えた瞬間、視界に顔が溢れてくる、黄色い顔、蒼膨れた顔、腫れあがった顔、裂けた顔、干からびた顔。記憶にない顔ばかりが滾々《こんこん》と湧いて止まらない。みぞおちあたりで息が上がりも下がりも出来なくなり、手をあてがい屈みこんだ。

浮かび上がってくる顔はすべて私を見上げ、すがるような瞳をしている。鼻にチューブが入っている顔もあり、みな患者の顔に違いない。「縁切り」そう願望を口にした瞬間、私は実際すべての患者を放り投げたのかもしれない。その途端に彼らは見捨てさせまいと顔面で襲いかかってきたのだ。それが彼らのやり口だった。

それらのどれもが、かつて私が診た患者なのだろう。あるいは今後、私が診ることになる患者のようにも思える。普段は何食わぬ顔で「ほんまち」の通りを気ままに歩いている彼らはずる賢くて、病院では一転して必ず助けてもらえると疑いのない視線を私に向ける。毎晩寝ているくせに、二日連続働く私の前で弱者の顔をする。夜中の二時でも、朝方の四時半でも、彼らは同じ顔をしてやってくるのだった。

美空の手が背中に添えられると、息は腹底へと落っこちていく。っぐ。大きな空気の塊が胃の中に飲み下されて、同時に幾つかのことが実感された。

私が未来の患者の顔をみるのは、近くの病院が今後も救急医療を再開せず、この病院に新しい医者が誰一人として来ず、来年も再来年もここで寝ずに働くことになるということ、それを私は頭のどこかでとっくに見通していて、そして、その想像もしたくない推測をもう無意識に受け入れているからに思えた。

思えば、「ほんまち」の健康な若者を病人以前の病人と見てしまうのは、彼らの体内にある病の種を地中でもう見つけているからで、彼らに苛立ちを覚えるのは近い将来発症するだろう彼らの病に対して、私はすでに責任を負ってしまっているからだった。救急病院がここしかないのだから、このまちの住民全員がもう私の患者だった。

知らぬ間に、この地域の人間たちと繋がっていた。たしかにあまりに不用心だった。この何年かの間、分別もなく警戒もせず患者を受け入れていた。瞼が半分しか開かない朝方四時半や、心が閉じきらない日曜の午前も患者を診た。クロックスの中は裸足で、白衣の中は起き抜けの体温でほぐれたスエットだった。私は患者の顔も名前もろくに見ないまま、丸椅子に座る患者の声をぼんやりと聴いて、なんとなしに患者の肌に触れて、その温もりを感じていた。そんな時に限って、患者は優しい先生だと機嫌よく帰っていき、私はというと体の芯に大きな錘が繋がれた気分がした。

呼吸が落ち着くと顔は勢いを止めて、ぽつぽつと浮かびあがる程度になった。どちらにせよ、患者とは携帯の電波程度のもので繋がっているわけではなかった。そうとわかった以上、今後ほんまちに来ることもなくなる。彼女らと会うこともない。

悲しく悟るなかで、一つの疑問が浮かんでくる。それは疲弊しきった時に浮かんでくるもので、今回も私を強く揺さぶった。

命は本当に一番大事なのだろうか——

自分の命一つでより多くの命が助かるから寝ずに働けている。しかし、千の命よりも大切な、私の何かが踏みにじられている。そう感じてしまうとき、この疑問が湧きでてしまうのだった。

同時に寒気のような罪悪感が体にまとわりついてきて、そのせいでこの疑問を誰にも洩らすことができないでいた。私のように哲学的あるいは宗教的な疑問に襲われることもなく、死んだら終わりという医者らしい唯物的な奥内には、なおさら言うわけにはいかなかった。

おしぼりで鼻を強くかんだ。涙で薄まった鼻水が出てくる。

「それで、さっきのつづきだけど」

腹に力は少し戻ったが、声はかすれてでる。

「さっきのつづき?」

「そう、つづき」

「ねぇ、フンゴウキって、結局今も見つかってないのよね?」

「どこにも」

「なんか、誰かのデスクのひきだしとか、駐車場の植えこみとか」

「そんなところにあるわけないじゃない」

「そんなものじゃない。見つかるときって」

「それより、つづきってなに。もしかして、その女の子?」

「そうじゃなくて、その浜中先生、病院辞めた」

「それが原因？」

「そう。しかも、辞めたの病院だけじゃなくて、外科医も辞めた」

あの子の腹を裂いた挙句、吻合器が腹の中になかったとわかった瞬間、浜中の顔からすっと消えていく色があった。心臓や肺、肝臓や腎臓、それぞれの内臓が皮膚を彩ってできるのが顔色なら、何かの内臓の一色が完全に消え失せてしまった。浜中の顔色はそこから、ほんの少しだけ肌味が強く増した気がした。

手術が終わって一時間後、浜中は辞表をだした。遠山の懸命な慰留も空しく、浜中は十一月いっぱいで病院を去っていった。

「外科医辞めて、何になったの？」

「詳しく聞いてないけど、他の科に転科したらしい」

「きっと、切るのが嫌になったのよ。眼科とか皮膚科とか楽そうじゃない」

「ゆかり、知らないの？　どっちも手術あるの」

あの時、腹を撫でるように子供の腹を切り開いていく浜中のメス捌《さば》きに、私は初めてメスを握った時のことを思い出していた。

立ち上がって引き戸へと振り向いた。同時に引き戸が開く。敷島の前に立ちはだかるが、敷島は反応しない。建物全体を叩いているのではと思うほど心臓が強く打った。

「トイレか」

敷島は半歩下がり、戸口を譲った。すいませんと小声で廊下へ抜けていった。

洗面台の前に立つと、酔いが一気に回ってきた。壁に手をついて体を支えながら便座に腰をかけた。座ってうなだれていると弱々しい尿意がきて、下着をずらした。陰茎を便器へとぶら下げると、尿が出ては止まりを数回繰り返した。

受け持ち患者の顔が浮かび上がってきて、そろそろ病院に帰る頃合いだった。立ち上がってレバーを回そうとした時、赤褐色の便器に目を奪われた。水面は深い紅色をしている。トイレットペーパーで陰茎の先端を拭うと、薄ピンク色のシミが広がっていった。血尿だった。

4

土曜日の午後、一般外来は午前で終わり、外来棟には人がおらず静まり返っている。入院棟も昼食の時間が終わってからは、時おり患者や看護師の穏やかな話し声だったり、誰かのサンダルの踵《かかと》を打つ音がどこかから聞こえてくるくらいだった。平日と違って検査がなく、渡り廊下を往来する人はほとんどいない。

誰もいない渡り廊下で窓に背を向けて屈み、銀色の手すりに背中を当てる。体重を預けて、凝り固まった脊柱起立筋を手すりへと押しつけていく。背骨の突起に硬い手すりのぶつかる感触がして、そこから動きを止めた。目を閉じて意識を背骨に集中すると、白衣越しにも金属的なひんやりとした冷たさが背骨に染みこんでいく。すると、背骨にまとわりつく微熱と不快感が少しずつ鎮まっていった。

その姿勢のまま首を左右に横にひねっていると、窓の下から救急車が出ていくところが見えた。患者を運んでくる時と違って、病院から走りさる姿はよそよそしく感じる。運んできた患者が助からなかったからだろうか。郊外にある運動公園のランニングコースで倒れたらしいから、医療センターが受けいれてくれれば、助かった命かもしれなかった。

この地域には救急医療を行っている病院が他に二つあった。しかし、二年半くらい前、駅にほど近い市立病院がコロナ禍による人員不足で救急医療からあっさり撤退した。それから年の瀬が見えはじめた去年の十一月の中旬に、地域の基幹病院だった救急医療センターが崩壊し、救急患者の受け入れを停止した。

センター崩壊の詳しい内情を知ったのはしばらくしてからだったが、その日、大量の病人が流れてきて、何かが起こったことが察知された。それからは地域唯一の救急病院となって、毎日毎日、三倍量の人間がここに押し寄せてきている。

患者の大波に削られるように、この病院からも一人、また一人と医者が辞めていった。この二年半で、外科医は浜中含めて六人が去っていった。年が明けてから、受け持ち患者は一人につき常時五十人を超え、当直は二日に一度のペースで回ってきて、週に三夜しか寝られなかった。二日連続で働くことが当たり前になり、二日目は必ず原因不明の微熱が背骨に生じた。

残業時間は月三百時間を超えていた。そのあたりから、ほぼ毎日血尿が出た。今もじっとりと湿った気持ち悪さが体にまとわりついて、しかし、体のどこにも汗をかいていない。皮膚ではなくて内臓が汗ばんでいる、そんな感覚がする。胴体の中心が淡く燃えるようなこの微熱に解熱剤は効かなかった。不快で耐えがたいこれの唯一の解決法は物理的に背骨を冷やすということだった。

手すりの温かくなった場所から一メートル隣の冷たい場所まで平行移動して、両脚を開いたり閉じたりして、手すりに擦りつける背骨を上下にずらす。

それを繰り返しながら、向かいの窓から外を眺めた。病院の隣に建つショッピングモールでは、ガラス沿いのエスカレーターにカートごとのせて、多くの人が上へ下へと移動している。訪れたことは一度もないが、四年前に建てられてから若者や家族連れで繁盛している。今でも週末になると、駐車場に入りきらない車が道路に列をなして待っている。

昼食に頼んだ出前を医局に放置していることを思い出し、手すりから背中を離した。背骨の熱は落ち着いて、気怠さも少しましになっている。渡り廊下を歩く足取りも軽かった。注文した天津飯を想像してよだれがわいてくる。

渡り廊下から入院棟に入ると同時に、遥か後ろから足音が聞こえた。その足音は右肩上がりに大きくなるから、誰かが接近している。お腹が減っていて、今すぐにでも喉にごはんを流しこみたかった。外科以外であれ、そう念じた瞬間「公河先生」と呼びかける声が背後から響いた。

振り向くと、内科病棟の看護師が外来棟から渡り廊下を駆けてくる。半分まで来ないうちに「小谷先生が、当直室から、出てこなくて」と三回に分けて状況を伝えてきた。その言葉に、ぼやけた顔が浮かぶ。それがヤナザキの顔だとわかるが、もう死化粧をされた彼女の顔はうまく思い出せない。

連れられていった当直室の前では、二人の看護師が立ち往生している。一人はＰＨＳを耳に当てて、一人はドアをノックしている。

「鍵が閉まったまま」

「部屋の中でＰＨＳが揺れてる音はするんだけど」

「ノックしても無反応で」

三人は次々にまくしたててくる。看護師たちの見たことのない表情に、あぁ、死んでる。小谷は当直室のなかで過労死している。と刹那《せつな》に気づいた。

思い返せば、コロナが流行りはじめた数年前から小谷は過労状態だった。訴訟も一つ抱えていた。コロナ感染死の患者の件だった。遺族が死亡確認に立ち会いを認められず、火葬後まで対面を許されなかったことに対して訴えられていた。優しい声色とシャープな顎、誰に対しても変わらぬ態度。そんなところがヤナザキと似ていた。

小谷はずっと危ない状態にあったのだ。ヤナザキの死から数か月しか経っていないというのに、察知することができなかった。まさか死ぬとは、というセリフはあながち嘘ではないと思った。白衣のポケットに手を突っこみ、当直室の鍵を探る。当直室のベッドの手前で、床にうつ伏せになって倒れていた脳外科医の話を思い出す。

今ではそれが本当の話なのか、それとも「患者を救うか、自分を救うか」という寓話なのかわからなくなってくる。マスターキーが見つかり、看護師に手渡した。過労死は大抵、脳か心臓の破綻。小谷の最期は何なのか。

予測しようとすると、浮かんできたのは病院の床に倒れた自分の姿だった。たしかにこの瞬間、自分が死んでもおかしくなかった。

心臓が強く打ちはじめる。心臓の音がはっきりと聞こえてきて、一回一回の鼓動を自覚した。

その途端に、これが最後の一回に思えてくる。今や過労死は、一回の鼓動ごとに起こりえる現実だった。

ドアが開いた。小谷は部屋の奥に置かれた小机の前に上半身裸で座っていて、ノートパソコンの光が瞬きのない瞳を照らしていた。ほっそりとした首、胸元から筋肉と脂肪が削げ落ち、あばら骨がくっきりと浮かびあがっている。一方、みぞおちから下の腹全体はスイカのように大きく膨れあがっていた。数年前にロッカー室で見た小谷の裸は、ただの痩せ型で腹はこんなふうに膨らんではいなかった。

「すごいお腹」「腹水の患者みたい」「痩せてると思ってた」唖然と立ち止まる看護師たちの、手で覆った口元から言葉がもれる。

「わっ、びっくりした。なになに？」

小谷は目を丸くしてヘッドフォンを外す。ノートパソコンには心電図波形が描かれていた。

「もう、先生」

「何度もかけたのに」

「427の患者、高熱だしてるんです」

緊張のゆるんだ看護師たちは口々に責めはじめる。

「ヘッドフォンで心音きいてたわ。いつから？」

小谷は申し訳なさそうに、ベッドの掛布団の上に投げ出されたＰＨＳを手に取った。

「あぁ、ほんまやわ。ごめん」

平謝りする小谷を見つめていると、水風船みたいな腹を針で突きたくなる。

しかし、破裂した後、中身がどこに押し寄せてくるか思いあたると、頭の中で針を持った手を引っこめた。小谷には最後まで治す側にいてもらわねばならなかった。

胸が小刻みに震えて、息が凍る。私は部屋から一歩出て、自らの心臓を抜きだすように、救急用のPHSを取りだした。

「四十三歳男性、十五分前に大量吐血、現在ショック状態です。受け入れお願いします」

「現在受け入れできません」

廊下から小谷の膨れあがった腹が視界にちらついて、脊髄反射で声が生じる。

「えっ……。公河先生、あの、重症患者です」

「ただいま院内で急変あって、受け入れできません」

小谷の平謝りする声が耳に残っている。それに比べて、救急隊員の声はあまりに仰々しく芝居じみていて白けてくる。

「重症なんで、近隣に受け入れ病院ないです」

「院内で他の急変です」

かつて救急隊員は頼むようにして受け入れを要請していたが、市立病院と医療センターが救急から撤退してからは、かえって受け入れを当然とする態度に変化した。

「なんでですか。いつも受け入れてくれるじゃないですか。市外まで搬送する余裕ないです。お願いします」

救急隊員の声が割れ、奥から慌ただしいアラーム音が聞こえてきて、ようやく、スイカ腹が薄れていく。

「先生、お願いします。ここしかないじゃないですか。なんで今日は受け入れてくれないんですか」

「受け入れできません」

「実は、もう向かってるんです。だって、今まではいつでも受け入れてくれたじゃあないですか。規則破ってるのはわかってます。でも、今も口から血が溢れて、止まらなくて。どうすればいいですか？　指示ください」

取り乱した声が続いた。

「知り合いなんです。知り合いの父親で」

その声の響きかたは、まるで私の知り合いのように聞こえた。

「横向けて」

「はい、右か左。どちらに」

「左を下で。窒息ふせいで。何分？」

「五分以内に着きます。ありがとうございます」

荷が下りて胸をなでおろす隊員の声に、彼らの引き締まった腹周りが思い出された。彼らはシフト制で、六つに割れた腹筋を育《はぐく》めるほど毎日ぐっすり寝ている。四十時間どころか、二十四時間連続で働くことすらなかった。

当直室を廊下から眺めた。看護師たちは朗らかに仕事を頼みはじめていた。

「ほら305号室の。あの、夜しか病院に来れないって言ってる家族さん」

「さっき、電話があって、これから説明受けたいって」

「あと、点滴更新する患者三名いますから、オーダー書いてください」

ＰＨＳを胸ポケットにしまいこむと、

「急患、内科？」

小谷が視線に気づいて、細い首をこちらに捻る。

「吐血来るって」

ドアの外から声をかける。

「そうかぁ」

「救急室で止血しとく」

「うまく止まったら、呼んでもらっていい？　入院受け持つから」

「わかった。開腹手術になるなら、外科で受け持つわ」

足を返すとクロックスが、午前にワックスをかけたばかりの床に引っかかって、耳障りな音を立てた。誰もいない外来に音を鳴らして歩いた。空っぽの待合の自販機でココアを買うと、フタを開けないうちにサイレン音が聞こえてきた。

遠回りしてたどりついた時には、救急室に血の臭いが充満していた。ストレッチャーの上で中年男性が左を下にして横たわっている。唇から樹枝のように鮮血が付着しているが、皮膚の色はどこまでも蒼白い。血抜きされた鮪《まぐろ》のように身動きがなかった。

ストレッチャーの頭側には内視鏡システムが引きよせられていた。看護師が点滴をしているあいだに電源を立ちあげる。内視鏡のレンズをガーゼで拭き、黒いウナギのような内視鏡を左肩に担いで、ストレッチャーに一歩近づいた。

男の口周りからだけでなく、全身から鉄の錆びたような臭いが熱く立ちのぼってくる。目の下から顎まで、マスクを上下に最大限に広げた。看護師が男の口にマウスピースをあてがうと、紫色の血塊が垂れ落ちた。

緑色のマウスピースのなかに内視鏡を突っこむと、画面には蒼白な喉が映った。ジャムのような血がところどころに着いた喉を通過すると、食道は血浸しだった。絵具を溶かしたような、薄く澄んだ赤色の液体が奥から流れてくる。食道と胃の繋ぎ目はなめらかで、食道の静脈は破裂していなかった。

こじ開けるようにして進むと胃はおびただしい量の血液で溢れていた。赤々とした新鮮な色が血の池地獄のようで、内腔の半分以上が血液で満たされている。血の中に内視鏡を浸して吸引ボタンを強く押しこむ。画面は真っ赤に染まって、透明のチューブの中を血が流れていき、備え付けのタンクに溜まっていく。

吸っても吸っても、血の水位は変わらなかった。どこかで出血が続いていた。キンコンキンコンキンコン、甲高いアラームが鳴りはじめる。モニターを見ると収縮期血圧が58まで下がっていた。血の束が点滴の側管に繋がれていて輸血が始まっているが、脈拍数は137と落ち着かない。

この後、血圧がさらに落ちていって、剣山のように無数に尖った脈がすとんと落ちて、まっ平らになる。こうして亡くなっていった人は数えきれない。これもそういった死の一つになる。私のせいではない。この患者の受け入れを渋ったのはたった一分で、その間も救急車はこちらへと向かっていたというから、実質的なタイムロスはなかった。

「体、上向きにかえて」

指示した声は渇いて割れていた。今から外科手術に切り替えたところで間に合わない。麻酔をかける前にでも死ぬ。はじめから手術室に運びこんでいても、腹を開ける前に死んでいた。元から助からない命だった。

男の体が上向きになると、血の池もぐるりと九十度回転した。胃の曲がり角から赤い糸が垂れた。血の噴き出しだった。周囲の胃粘膜が深く掘れて、数本の血管が剥き出しになっている。その血管の一つから勢いよく、血が噴出していた。

「胃潰瘍」

背後から小谷の声が聞こえる。

「場所わかってよかったわ」

紫色の血管に純エタノールを打ちこむと、血の勢いが弱くなる。クリップで出血点をガチッと嚙むと、出血はなかったみたいに止まった。

「他にも血管、露出してる。焼いとくけど、近々再出血するかも」

「まぁ、どこから出てるかわかったから、気が楽やわ」

モニターの赤い数字の点滅が緑色の落ち着いたものにかわって、アラームが鳴り止んだ。ひそひそと誰かの話し声が聞こえてきた。

「小谷先生が入院受けもち?」

津久井はガーゼを濡らし、患者の顔にこびりついた赤褐色の血を拭っていく。

「うん、主治医小谷で。内科入院で登録して」

「入院病棟も内科でいい?」

「いや、今日だけICUにして」

顔から血がとれると、どんよりと濁った顔色があらわれた。


男の顔色は搬送用のエレベーターから出るころ、色が差しはじめた。わずか一分前の、乗りこむ段階では死人のように見えた顔に今や生気が巡りだしている。

小谷と津久井もそれに気づいて、

「十日あれば退院できそう」

ベッドをエレベーターから押しだし、ホールで回して、渡り廊下へと舵を切った。渡り廊下は陽が完全に落ちて、天井の光が先ほどよりも眩しく感じた。

すると、向かいから友香が皮膚科外来の看護師たちと話しながら歩いてくる。横で束ねられた髪が光を跳ねっ返しながら揺れている。友香が「ひさしぶりー」と手を挙げた。

皮膚科と外科は共同で受け持つような疾患が少なく、仕事上ほとんど交流がなかった。同じ病院に勤めていても、同級生だった友香と院内で出くわすのは、一か月に一回もなかった。

ただ、一方的に見かけることは何度もあった。昨日も医局の窓から、いつものように夕方五時半きっかりにストールを首に巻いて病院から出てきて、ミニクーパーに乗って帰る彼女の姿を見たところだった。私はそれから十五時間働きつづけて、一息ついた朝の八時半過ぎに、十五時間前よりは薄目の化粧で、あくびをしながらミニクーパーで出勤する友香を医局の同じ窓から見た。

「おつかれさまでーす」

友香は小谷と津久井に会釈すると、

「きみかわ、ちょっと今いい？」

立ち止まって、皮膚科の看護師たちを先にいかせる。

「先にＩＣＵ上がってるわ」

小谷も津久井とともにベッドを流して去っていった。二人の姿が見えなくなると、

「小谷先生って、歯並び綺麗」

友香がつぶやいた。私が目線をショッピングモールにそらすと、友香からの視線を横顔に感じた。

「あのさー、再来月の、祝日の水曜ってあいてない？」

友香の薄ピンクのオシャレな白衣は、襟汚れした自分のものとメーカー自体からして違う。文化的な生活を送れている人間の発する要求に返事が抑えこまれる。

「あの駅前の、クリニックのバイト、その日だけ代役頼めないかな。シンガポールで学会あるから行ってみたいんだよね。うちの病院の有給はとれたんだけど。午前の九時十二時で五万、午後も行けるなら通しで十二万だけど、かなりよくない？」

数年前から週に一回、友香は駅前にある美容皮膚科クリニックに外勤《バイト》に行っていた。一日働くだけでかなりの給与が貰えるらしい。そのお金でアップデートされていく彼女のきらびやかな生活が『片田舎の女医ちゃんねる』というＳＮＳでつまびらかに公開されている。

「当直入るかもな」

「そっかぁ。もし、当直はずれたら教えてね」

ショッピングモールの三階の踊り場に、今日も何人かがガラスに張りついている。だいたいは十代や二十代の若者だが、今は窓際に若者の三人グループ、少しはずれたところに一人の中年男性がいた。若者はクレープを食べながら、中年男性は缶コーヒーを飲みながら、病院を眺めている。

私に見られていることに気がつくと、若者のうちの一人はこちらに向かって指をさし、残りの二人が向かい合ってハイタッチをした。

「なに、あの子たち」

友香は首を傾げる。救急に呼ばれない皮膚科の友香には、どうして三階の窓ガラスに彼らが張りついているかがわからない。

救急車が大仰なサイレン音を立てて病院に急病人を運んできて、救命された場合は、この渡り廊下を横切って入院棟に移送される。亡くなった場合、黒い遺体搬送車がひっそりと裏手に回ってお迎えに来る。

救急車で運ばれてきた人間の生死を、彼らはクレープ片手に見物しているのだ。数年前から、このショッピングモールの三階から見える急病人の生死を賭ける、そのための掲示板がネット上にできていた。今も吐血患者が助かるか賭けていたのかもしれない。奥内は携帯を向けられ続けたこともあって、動画配信だと怒っていた。

私は窓ガラスに張りついている彼らから、さらにその奥で買い物する人たち、その下の階やその上の階で行きかう人たち、とより全体的に眺めてみた。このショッピングモールで買い物している誰かが近いうち運ばれてくる、とむしろ待ち遠しさのようなものが込みあげてくる。

あの紺のブレザーの高校生も、競馬のブルゾンを着た中年太りの男も、今しがた加わったお揃いのセーターを着た老夫婦も、救急車を呼べば、ここに搬送されて診てもらえると信じている。赤子のようなうぶな人々。私の未来の患者たち。

友香は三階の踊り場を不思議そうに見つめてから、空を仰いだ。

「ミカのお葬式さ、午後に行ったんでしょ？」

垂れた瞼の間の、充血のない白目と濁りのない黒目が潤みはじめる。泣き顔を悟られまいと横を向いたその横顔を私は凝視した。歯の表面にいまだに矯正器具は着いているものの、歯並びは凹凸のないアーチを描いている。頰には毛穴ひとつない。近くで見ると、歴然とした違いがあった。どれだけうまく遺体に化粧を施しても、こういった化粧乗りにはならない。

話しこもうとする友香に「ＩＣＵ行くわ」と切り上げて、渡り廊下を抜けていった。非常階段に入ると背後から「また当直決まったら、おしえ」という声が閉まる非常ドアに切断された。

私は階段を一段上がっては立ち止まった。学生時代の友香はヤナザキと同じくらい化粧っ気がなかった。友香の素顔もまた思い出せない。息が深く戻ってくる。踊り場で完全に立ち止まると、ヤナザキを悼もうとした友香に対して、怒りと理解が同時に来た。

よくよく考えれば、大学病院で働いている岡田も似たようなものだった。会議で忙しい、学会発表の論文で忙しい、教授パーティーの準備で忙しい。水道水を受けるコップのように、自分が蛇口をひねる間だけ患者を受けいれる、そんな職場で働く彼らからすれば、ヤナザキは蛇口のマネジメントすらできなかった無能な医者なのだろう。

雨や波のように、とめどなく押し寄せる患者の総体そのものに、彼らは出会ったことが一度もないのだから、全ての水のそばに蛇口がついていると思いこむのは無理もなかった。

友香の学生時代の顔はやはり思い出せない。今より少し低かった当時の声だけが残響のように思い出されると、ガタガタだった歯並びと実習で保健所の廊下を歩いた風景が巡ってきて、またすぐに消えていった。

ＩＣＵから医局に帰ると、テレビがついていた。それは遠山がＮＨＫを見るためだけに使われているテレビだった。本人はいないが、テレビはいつもどおり無音設定だ。ソファでは奥内が膝立ちでテレビに背を向け、額を窓ガラスにつけていた。

「遠山、今ちょうど駐車場から出ていったわ。敷島のジャガーはどこや」

奥内は外の駐車場を観察している。黒い窓ガラスに鮮やかなテレビ画面が煌々と映っていた。深い谷の合い間にそびえる山寺と秋の紅葉が奥内の隣に浮かびあがる。

「奥内、交代や」

救急用のＰＨＳを手渡すと、奥内は手首を嬉しそうに眺めてくる。知らぬ間に吐血を浴びて、袖に黒い染みがあった。

「血ぃ吐いたやつ、小谷にうまいぐあいに押しつけたやん」

奥内はＰＨＳを胸ポケットにすべらせた。

「押しつけてない。外科手術の適応ない吐血は内科やろ」

「まぁ、ええわ。それより、なぁ。今晩どうしよか？」

「何が」

「何がって。救急車や。今晩くらい受け入れ、重症だけでもいいやろ？　天パも軍人もおらんし、事務長もおらん。断ってもばれへん」

「自分で決めろ」

「バイタル正常やったら、遠くの病院までもつやろうし。なぁ？」

「だから、巻きこむなって」

「おまえ、ほんまそういうとこあるよな。今晩も全部受けてええんか？　後悔するなよ。緊オペになる重患引いたら、おまえ呼び出したるわ」

「今日オンコールじゃない」

「重患二人引いたら、おまえまで順番来るわ。寝れると思うなよ」

奥内は苛立った眼差しを天津飯に向けた。届いた時、天津飯はラップを真っ白に曇らせていたが、今は数粒の水滴だけがぶら下がっている。

奥内はデスクから写真を持ってくると、テーブルに一枚一枚順番に並べていく。天津飯、アニサキスがぶら下がっている胃、赤く腫れたファーター乳頭、中華スープ、水膨れした腸、巨大な肛門癌、グリーンサラダ。

「ほんま止めろよ、食事中にそういうの」

思わずレンゲを置くと、奥内は嘲る息を鼻からもらした。

「慣れろよ。外科医のくせに」

「食事中のマナーや」

奥内から脂と垢の混じった臭いがした。それは疲労でいびつに盛りあがった肩回りから臭ってきた。元ラグビー部で体力自慢の奥内にも過労の兆候が出はじめている。

奥内は臓器の写真を重ねて裏返すと、大盛の天津飯を口へとかきこんでいく。一気に半分ほど平らげると、スイッチが切れたようにレンゲを置いた。

「喉通らん。食欲はあんのに」

かきこんでいたのが一転、口の中に残った天津飯をひたすら噛み続ける。途中から中華スープを口に含んで、粉薬でも飲みこむように喉の奥へと流しこんだ。

「この前な、病理の仁内にからまれてな。遺体切ってみるか、やって。だから、おれな、仁内先生が胃癌なっても、オペしてあげません。そうすれば、念願の遺体になれますね。その時は解剖してあげますよって言ったら、それは困るなぁ、やって」

奥内は目尻に得意げな皺を寄せると、もう一度スープを啜《すす》った。その眠そうな目元、目の下の隈、乾燥した頬、充血した白眼。それらを見た後では、目尻の皺は薄気味悪い。奥内は遺体を切ったのだろうか。

「なぁ、浜中な、新しく移った病院で何科になったか聞いた？」

「浜中先生？　知らん。辞めてからまったく」

「あいつ病理やって。笑うわ。もう人間切りたくないって言って外科医辞めたのに、遺体は切るんやって」

「おまえは恩知らずやな」

後輩育成に熱心だった浜中から、メスの持ち方から糸結びの手の角度まで習った。辞めていった医師を含めて指導を受けたものが多数いたが、奥内はそのなかでも浜中を慕っているほうだった。

「そんなん関係あるか。患者放りだして、逃げたやつやぞ。あいつもよくわかってるんや。逃げだしたんが恥ずかしいんやろなぁ、移った病院のホームページに顔写真載せてないねん。それだけちゃうぞ、経歴にこの病院で働いてたこと書いてないねん」

辞めていった人間はみなそうだった。誰もが疲れきって醒めた顔をしていても、辞める理由を眠りたいからとは言わなかった。運動会で子供が走っている姿を一度だけでも生で見たいからとも言わなかった。

親の介護、眼病で手術ができなくなった、それぞれが引き留めようのない理由をあげた。病気の患者を見捨てるのだから、許される理由は家族の病気か自分の病気しかなかった。彼らはそうやって去っていき、次の春にはここから少し離れた町の、別の病院の外科で名前が見つけだされた。

「今度あいつの病院に電話かけたろか。逃げた分、患者の一人でも受け入れてもらわな。死にそうな患者送りつけよか」

奥内はレンゲを天津飯のなかにしまいこむ。

「市内に向けて高速乗ったら、ジャンクションのところに病院見えるやん。浜中がいるんはあそこや。保険会社の持ち病院やねんて。あそこで働いてる後輩おるけどな、勤めて三年経つけど、死亡診断書作ったことないねんて。救急やってないと、病人って全然死なんらしい」

天津飯にラップをかけ直すと、

「おまえ、これ食べんなよ」

奥内は睨みつけてから冷蔵庫にしまった。

「それやったら、死にそうな患者じゃなくて、死んだ患者でもいいか。病理解剖にどうぞって。救急やってないお上品な病院やから、めったに人死なんから御遺体足りてないでしょうってさ、ははは」

「まぁ、たしかに最後の一週間はひどかったな」

辞表を出した日から退職日までの間、浜中はまるで人が変わってしまった。昼休みにはＰＨＳの電源を落とし、夕方五時半になるとすぐさま帰宅した。心肺停止の患者の受け入れを断って帰った時には、敷島が急いで救急隊に電話をかけ直して、残った四人で受け入れた。

「定時で帰るって、あいつ、どうにかなったな。公務員とか、パートでもあるまいし」

「公務員かぁ。知り合いにさ、医者から他の職業に転職したやつっている？」

「そんなやつおらん。あぁ、おまえ、あれやな。医者やめたいんやろ？　無理無理。だいたい、おまえ、医者以外に何ができんねん」

奥内はグリーンサラダを手に取って、ビニル包装を開けようと爪を立てた。

「おまえみたいな、出がらしの疲れきった人間どこも雇ってくれへんわ。あぁ、あとなぁ、公務員はな、三十歳以降は募集してへんぞ、残念やったな」

「おまえ、調べたんか」

「そら転職考えたわ。医療ベンチャーに、製薬会社、保険会社。ここやったら医師免許で転職できる。給料もいいし、なにより患者じゃなくて、客として人間に会える。こっちも医者じゃなくなれるわ」

奥内の深爪ではビニルははがれない。

「結局、転職する時間すらなかったけど」

爪を立てるのをやめて容器を揺すりはじめる。

「はぁあ。一番楽な死にかたってなんやろ」

緑色のレタスの中から、赤色の輪切りのパプリカが浮かんでくるのをビニル越しに見つめる。

「睡眠薬」

「睡眠薬かぁ？」

納得できない面持ちで、

「無難やけど、一番ではないやろう」

奥内はゆさゆさとサラダの容器を揺すり続ける。

「他にもっといいのあるやろ」

「飛び降りとか」

「落ちるまでの間がな。あと、潰れてから死ぬまでに、あれタイムラグあるやろう」

「遺体が傷つくし」

「それはどうでもいい。死んだ後のことなんか」

「いや、やっぱり睡眠薬。だって一番楽っていうよりな」

「おん」

「死ぬ前くらい、思う存分に寝たい。いっぱい寝てから死にたい」

「あはは。そうやな、あぁ、そうやわ。おれも睡眠薬や、それで決まりや」

奥内は満足げに何度も頷く。

「それやったらな、睡眠薬じゃなくて麻酔薬にしよ。あの白い麻酔薬を静脈から流しこんで、うんと深く眠って。それで、そこから継ぎ目なく死んでいこう」

　奥内はソファにもたれかかってから「おっ」と目を見開いて声をあげた。

「この前、メール来ててな。北九州で、お看取り病院の勤務医探してるってさ」

「看取るだけ？」

「そう、看取るだけ。それ以外、何も仕事ないんや」

「ふぅん、しょうもない仕事」

「外来も手術も検査もない。患者が死なんかったら、一日何の仕事もない。患者が死んでも、死亡診断書を書いて遺族に渡すだけ。十五分で終わる。それでな、年収九百六十万やって」

「今よりいいな。あほらし」

「次の病院はな、お看取り病院もありやなって」

「オペできんくてもいいんか」

「一年二年くらいやったら別に。それか、たまに、おまえの病院行ってオペするわ」

「はぁ。おれは次も救急病院か？　おれも休む」

「じゃあ、手術はしばらく諦めるか。それでな、その病院な、個室で待機らしい。ベッドとかソファもあるって」

「いいなぁ。それ。なんていう病院？」

「教えるわけないやろ。なぁ」

「うん？」

「おれらで作ろうや。お看取り病院」

「二人で?」

「そうや。お看取り病院やったら二人で回せる。二日に一回は自宅で寝れる。どっかの地方で、のんびり働こや」

「温かい、できたてのご飯食べたい。冷えた高級弁当はもういい」

「それやったら、博多の近くにしよう。あそこはメシうまいらしいやん。歩いて行けるところに病院建てて、患者集めよ。痛いもしんどいも言わへん、末期の患者だけ受け入れて」

「心臓が止まってる奴も、包丁で指切っただけの奴も全部断る」

「大丈夫や。そもそも、慢性期の病院に救急隊も電話かけてこーへん」

「そうか」

「そこで、ずーっと、一日ぼおっとしとこうや。窓から河とか見つめながら」

「もう何もしたくない。何も考えたくないし、何も感じたくない」

「おれだってそうや。誰とも会いたない。歩きたくもない。遊びたくもない。声すらも出したない」

「ただ呼吸だけしてたい。ずーっと、毎日毎日ぼおっとして。吸って吐いて吸って吐いて、ただただ呼吸だけ、してたいわぁ」

「呼吸だけする、かぁ。それいいなぁ。あぁ……。それ、ほんま最高の休憩やな」

無音のテレビでは、寺に保存されているいくつかの経典が紹介されていた。過去にこの場所で悟りを開いた聖人《しょうにん》と、それに続いた弟子たちの名前と肖像が順々に映しだされていく。それから場面は修行をしている僧たちに切り替わった。五人ほどの僧たちがお経を唱えながら、暗がりの回廊を早足に巡っている。何百何千回も周遊する僧たちの次に、水行をする僧たちが映る。

真冬の滝行よりも凍えて辛い水行が瓶《かめ》に溜めた半ば凍った水で行うものだとか、八角形の鏡張りの部屋に籠り続ける行は、最後には獅子のように吠えてしまうから獅子吼《ししく》と呼ばれているだとか、次から次へと多種多様な修行について画面の下に解説のテロップが流れていく。

お堂に籠って行う不眠不臥という修行が紹介され、身体を横にせず、眠りもせず、背骨を立てたまま、お堂の中で何日も過ごすと説明が表示された時だった。

「嘘つけぇ。不眠不臥で悟り開けるんなら、おれのほうが先に開いとるわ。おれらが世界で一番寝てないわ」

そうぼやく声にはどうしようもない怒りが満ち満ちている。

「知らんふりしやがって。事務長も労基も、毎晩寝てる」

鼻声になった奥内はティッシュに手を伸ばす。

「わかってないんやろう。他の科の医者もそうや」

鼻を強くかんでから「鼻血ぐらいでろや」と奥内はティッシュに悪態をついた。

「寝ずに働いても、医者は平気やと思ってる。四十時間連続で働いても、月に半分しか寝てなくても、医者は大丈夫やと思ってる。目の前に死にそうな人間がおるから、しょうがなく働き続けてるだけや。おれらがもし」

低い鼻声が医局の床に響いて、丸まったティッシュが壁に向けて投げつけられる。

「なぁ。これって、いつまで？」

声は床に反響して、不穏なものと安らいだものに分離した。

「こんなんが続いたら、数か月ももたんぞ」

「春までは無理や」

「来月でもおかしない」

奥内は洟《はな》を啜ってから自嘲気味に笑う。

「ヤナザキ……。それでも、辞められへんかったんやろなぁ」

薄ら笑いが消えると、奥内は首を折って息があがったように背中を丸める。

「他人の命助けるために死ぬんやって。戦争に行くやつって、こんな気持ちなんかな。徴兵決まった時とか」

「おんなじか？」

「一緒やろ。だいぶ前、おれ労基に通報したって言ったやろ？　去年の夏くらい、まだセンターが撤退してなくて、残業時間が百時間くらいの時期や。その時に、先月の残業時間が過労死ライン超えてましたって電話したらなぁ、超えてますが、医者は例外なので違反にはあたりません、やって。それでおしまいや。わかるか？　おれらのは労働ちゃう、奉公や、奉公。国民のために死ぬまで働けっていう制度やから、おんなじやろ？」

「知らん国で撃たれて死ぬよりましや」

「あほか。戦争やったら敵を殺したら生き延びれるやろ。生き残れる望みがある。やけど、殺すんじゃなくて救わなあかんねん、勝たれへん」

「ジャングルのなかで飢えて、樹の根っこ、かじりたくない。死んだら、置かれたまま。撃たれたら、バラバラになるやろうし。過労死なら焼いてはもらえる。ヤナザキみたいに」

あの葬儀の後、死化粧のヤナザキは骨になるまで焼かれたのだ。しかし、あの時に葬儀で流れていた空気は、病気で亡くなった人間のものではなかった。大きな流れによって、死へと押しやられた人間の葬式。社会に追いこまれて殺されたのに、誰を恨んでいいかわからない理不尽な怒りと無力感があの空間には漂っていた。戦死した人の葬式でも、あんな空気が流れていたのだろうか。

「まぁ、戦争より、だいぶましか。捕まって拷問されたりもせぇへんし。それに、誰かを殺さんでもいい」

ヤナザキは違った。毎日毎日、堕胎手術をして、何百もの健康な胎児の命をその手で絶っていた。国家資格を持った医者が行う限り、堕胎は犯罪ではない。

「ただ、戦争行って死んだみたいに祀《まつ》ってもらわれへん。何千人救って死んでも、国は勲章一つくれへんぞ。病院からも隠されて、弱者扱いや。ヤナザキのお母さん、なんやっけ。そう、光江さん。駅前とか、あちこちで活動してるけど。他の職業で過労死やったらニュースなって、そこの会社はブラックやって騒がれるのに。医者なんか、この数年で何十人も過労死してんのにスルーやんか」

一企業の売り上げのために人命が犠牲になったことが問題で、医者の過労死はこれには当たらなかった。医者不足の地域で医者が死ぬまで働いて、多数の住民の命が救われるのだから、命の差し引きは大きくプラスで、社会にとってはコスパが良かった。ドキュメンタリー番組で、寝ずに働くことが医者の場合だけ美徳として放送されるのは、医者以外の、あらゆる人間の望みの現れだった。

「ヤナザキがなぁ。二十代やったら、もう少し騒がれたかもな」

「あと、もっとかわいかったらな」

「岡田から電話できいたんやけど、光江さんな、葬式で会った時に追悼碑作りたいって言ってたらしい」

「追悼碑？」

「訴訟とかいろいろ問題が片付いたら、病院の敷地に建てたいって」

「へぇ。光江さん、和解する気あるんかな」

ヤナザキが過労死した、あの丘の上に建つ病院。自分がまだ医学生だったころ、見学に行ったことがあった。売店の横のガラス戸から中庭に入れた。石造りのベンチがあって、診察を終えた外来患者や、検査待ちの入院患者が休憩していた。お昼休みにそこでサンドイッチを食べた記憶がある。

「追悼碑じゃなくて、銅像にすればいいのに」

中庭の中央、そこに白衣を着たヤナザキの銅像を想像した。

「おぉ、そうやなぁ。銅像のほうがわかりやすいなぁ」

「母体と赤子を救うために働き続けて死んでいった医師像。とか、かっこよくていいんちゃう？　こんな感じの」

奥内はしゃべりながら、うやうやしい姿勢をとる。

「なんや、その顔」

「いや」

奥内は誰からもヤナザキの最期の詳細を知らされていないのだろうか。ただ浴室で倒れて突然死したと思っている。背骨を立てたまま座りながら死んで、そして、その後も数時間シャワーを浴び続けたことを知らないのかもしれない。

想像の中で白衣を着ていた銅像は全裸になって、その場に座りこんだ。痩せて浮きあがったあばら骨、銅の緑青の顔色。浴室の床で座ったまま死んでいったヤナザキミカ女医像。それはどこかの場所で見たことのある像に変わっていく。社会に追いこまれて、ひっそりと息絶えていったものたちの像。

奥内は両手を降ろすと、表情に怒りを取り戻した。

「銅像でも建てて、病人どもに知らしめやな。一番弱いみたいな顔しやがって。あいつらに、自分らが追いこんだってことを教えやなあかん」

「悪ぶるなよ。それでも救急から電話あったら、断らんと受け入れるくせに」

「そらそうや。あいつらはほんま、ずるいからな」

「いつでも受け入れてもらえるって思ってるとこ？」

「ちがうちがう。あのな、あいつらの一番ずるいところはな。治療せんかったら、ほんまに死ぬところや」

奥内は嘲るように鼻息をもらした。

「追悼碑に祈るのはおれらじゃなくて、病人どもや。どうか見捨てないでください。死にたくないので、医者がかわりに死んでください。いつでも受け入れて眠らず働いてください。ってな。これからも過労死しつづけてくださいって、祈れや。祈らん人間はな……」

奥内は唾液と一緒に言葉を飲みこむと、本当に喉に詰まったように顔色を悪くする。そして、胸ポケットからＰＨＳを取りだした。

「呼び出し？」

「いや……。もう三十分以上、どこからも呼び出しないから。電源切れてんかなって」

首を横に傾けて、骨を鳴らした。

「たしかに」

不安になって、私も胸ポケットからＰＨＳを取りだした。充電は63％で、不在着信もない。いつも頻繁に会話を遮るＰＨＳは鳴りをひそめている。

「こんな風に話すんも、ひさしぶりや」

そう言ってから、奥内はＰＨＳを胸ポケットにさした。話す時間はあるというのに、かえってそこから沈黙が続いた。特別に話すことはもうなかった。

無音のテレビを二人でなんとなく見続ける。画面には敷島のような、明らかに屈強そうな一人の僧が生き仏になるための修行に挑んでいる。念仏を唱えながら、凄まじい速さで山を駆けていく。

短刀と縄を持っていて、もし、その修行を果たせない時は、峰の先から飛び降りるか、縄で首を吊るか、短刀で腹を裂かねばならないらしい。今まで途中で死んだ行者の人数は伏せられている。その命がけの修行に『不退転』の赤文字が画面の下に現れる。

「あまい、あまい。もっと追いこまんと」

奥内は蔑《さげす》んだ声をあげる。

「自分の命しか賭けてないから自害するっていう発想が起きるんや。患者一人おぶって、山駆けろや。そしたら、自害は最後までできひん。這いつくばっても進まな。絶命する瞬間まで修行せんと。自害やって。はは。最後の最後には逃げるんかい。その逃げ道をまずはつぶさんかい」

テロップに、高僧の不可思議なエピソードが表示される。その僧はあまりに問題なく修行が進むため、ふと、神や仏など本当にいるのだろうか、とその存在を疑ったらしい。その瞬間、強烈な頭痛と眩暈《めまい》がはじまったのだと。割れるような頭の痛みと視界の回転する眩暈がして、立っていられなくなった。のたうち回り、空っぽの胃から胃液だけを何度も吐いた。

そんななか、四つん這いになって半日ほど山を進んだ。ところが、とうとう限界がきて、おぉ、仏よ、と本心から懺悔《ざんげ》したところ、頭痛と眩暈は一瞬で消えてなくなったという。

「仏さんもあまいわぁ。なんか醒めるなぁ。これやったら、患者のほうが悟りに近いな。みんな、病気なるくらい過酷に生きて、病気なってからも生きるんや。半身不随になろうが、糞もらしながらでも生きるんや。頭割れそうなくらいでなんやっちゅうねん。頭割れてからが本当の修行やろ。患者は実際に頭割れて、脳みそ壊れとるわ。今や、町で生きる方が本物の修行やな。ははは。なんや、おい、今のセリフ？　おれらにはそんな甘ったれた説法通じんぞぉ」

私にはその僧の迷いのない表情が羨ましかった。光をそのまま反射させる瞳は幸福にすら見える。救う側と救われる側に分かれきった場所で生きる身としては、自らでもって自らを救う人間は輝いて見えた。

「おい。おまえ、もしかしたら、出家するんやったら、ここから抜けても許されると思ってんちゃうか」

突き刺すような奥内の視線を無視してテレビを見つめた。

「無理やぞー。はは。言うたやろ。逃げ遅れたんや。手術に検査、外来に救急。もう一人も欠けれん」

「わかってる」

「一番ずるがしこかったんは市立病院や。誰かが倒れる前に一抜けした。はじめは撤退じゃなくて一時的な受け入れ停止やって言ってたけどなぁ。元から再開する気なかったんやろう。うまいこと逃げたわ。医療センターは逃げんかったけど二年で潰れた。一人過労死して、いや二人か。次はこの病院や。うちでも頭のいいやつはとっくに辞めた」

山に逃げるにはもう遅い、という実感ばかりが湧いていた。深山幽谷の澄んだ空気に晒されれば、私はこの体に詰まった無数の顔たちにますます責め立てられそうな気がした。死んでいった者たちの顔と、これから治さなければならない者たちの顔が許してくれるわけがなかった。

「浜中が逃げても、おれらの受け持ち患者と当直が増えるだけやったけど。おまえが今逃げたら潰れる。市立病院とか医療センターとは事情が違うぞ。このまちに受け入れ先が他にないねんから。患者死ぬぞー、一人や二人やない」

「しつこいな。わかってるって言ってるやろ」

「そうか。それやったら、ええわ」

奥内は勢いよくソファから立ちあがった。残っていた中華スープを飲みほすと、空の容器をゴミ箱に投げ入れて、給湯室へ入っていった。

棚の上に隠した煙草に手を伸ばしながら、

「あぁ、せや。あの子な、頭の固定の棒取れたわ」

声だけが嬉しそうに振り返った。

「骨盤の固定ももう少しや」

奥内は時間を見つけては、ミイラ少年に対して食事介助や包帯交換をしているらしい。他の患者に対しては、たとえ癌患者であっても治療以外の事は何もしない。

「人工レンズいれて目が見えるようになったら、おれを見て驚くかもな。優しいイメージと違って、ごついって」

奥内は自分より悲惨な人間に出会えたおかげで、彼のために働くことができていた。一方で私は、手術を終えては退院していく、そんな癌患者たちのサイクルにあった。

「なんでつかんねん」

給湯室から何度もライターを擦る音が聞こえてくる。それから舌打ちがして、カチンとガスコンロを捻る音と同時にボッと炎の盛《さか》る音がした。すぐに換気扇が音を立てて回りはじめる。

その回転音を引き裂くように高音が鳴った。ＰＨＳの着信音だった。ハッと息を吸いこむ音、それが自分の呼吸音ではなく、給湯室からだとわかって息をついた。ガラス窓から寒気を感じて、据え置きのファンヒーターの電源をつけた。ここ数日の底冷えに暖房の効き具合が顕著に悪くなっていた。

「わかった。三分だけ待って」

給湯室から諦めに満ちた声が続く。

「煙草吸い終わったら、すぐに降りるから」

シンクに水を流す音がする。私はファンヒーターの前に立って、外踝《そとくるぶし》に温風を当てて、「救急？」と給湯室に声をかけた。

「おぉ。ただの嘔吐や」

十一時を過ぎて、日をまたごうとしていた。

「そっか。おれは帰る」

足が温まっているうちに医局を抜けた。

廊下は消灯していて薄暗い。非常階段を上がって、ＩＣＵに入った。電気は落ちていて、奥のナースステーションから灯りがもれている。足音を抑えて、右手前のカーテンに忍びこんだ。

カーテンの中はかぎりなく暗い。わずかに通過してくる光で、ベッドが薄暗くわかる。そのなかで横たわっている人間がひときわ黒かった。影そのものが寝ているように思えた。

黙って立っていると布団がめくれて、黒い枝のようなかよわい腕がゆっくりと上がってくる。小柄な手が空中をさまよう。私を探す健気な手を両手で包みこんだ。ミイラ少年の手に小さな喜びが生まれたのがわかって、胸に喜びが生まれた。その瑞々《みずみず》しい指に手のひらを二回くすぐられて、私もまた二回握りしめた。

少年はまだ目も見えず耳も聞こえないはずだが、カーテンの中に入るといつも気配を察して、手を伸ばした。必ず最初にすりすりと指先で掌を二回くすぐってきて、そこから手は不規則に動いた。人差し指を握ったと思えば、爪の表面をこつこつと叩き、指をなぞった後に、指の間の水かきを摘まんできた。その後も、爪を立てたりと手荒いものもあれば、愛撫するように優しいものもあった。

少年に対する治療の計画は、医者不足で実際には何も始まっていなかった。少年は何も見えず、何も聞こえず、声も出せない。骨盤に太いネジが数本入って固定されていて、もぞもぞと体を揺することもできない。手を動かすということが、この身体に唯一許された表現だった。痛いと言うこともできない身体で過ごす一日は、他の誰の一日よりも長いに違いなかった。二十四時間立ちっぱなしで患者を救い続けるほうがまだましだろう。

少年に預けた手からは、健やかさに溢れる運動ばかりが感じられる。私は少年の頬にもう片方の手をやった。涙か鼻水かよだれで、頬はべっとりと濡れている。すすることはまだできない。

身体から溢れ、垂れ流すしかない水分を枕もとのガーゼで拭いとった。

少年の手が動きたいだけ動き、数十分ほどたっただろうか。少年の腕がふらっふらっと次第に落下していった。それに合わせるように手を下げていくと、とうとう布団の上に少年の手は落ちて動かなくなった。

寝息を聴きながら、カーテンを抜けた。これで彼は何分の間、眠りに落ちていられるのかと考えながら、非常階段を下っていった。

一階には誰もいなかった。暗い待合を抜けたところで、救急受付からテレビの音が聞こえてくる。受付の奥の壁がテレビの光を受けて、白く照らされている。その手前で座りこむ古株の事務員と目があった。

コーヒーマグをあげて挨拶する事務員に会釈して通り過ぎ、救急入口から外に出る。すぐに、ざりざりと砂利を踏みしめる音が近づいてきた。ダウンを着こんだ男が病院の植えこみに沿って歩きながら、懐中電灯で足元を照らしている。

「おぉ、おつかれ」

同期の事務員の荒木だった。

「週明けから、寒波だって寒波」

白い息を吐きながら、荒木は懐中電灯を切った。

「さっきの救急患者、酔っ払いで。たぶん、奥内と喧嘩すると思ってたら、案の定」

「あぁ、嘔吐って言ってたやつ。あれ、ただの酔っ払いか」

「そう。騒ぎまくるから、点滴落ちるまで外で待機させろって奥内が怒って。だから、今、使ってない送迎バスまで連れてったとこよ」

荒木は救急入口の手前で長靴から院内用の革靴にはきかえると、

「しかし、医者ってのは薄着だな」

背中を丸めて受付の中へと入っていった。

5

荒木の言っていた日に寒波がやってきて、すでに十日が経っていた。そこから寒波は引くことなくとどまり、昨年よりも厳しい冬がはじまっていた。患者ははてしなく増える一方で、ますます睡眠時間は削られていった。

今日もアラームではなく、携帯の着信音で目が覚めた。数十分ほど寝た、という感触があった。敷島先生が朝がたに受けいれた急患が緊急手術になる。手術開始は三十分後。そう看護師から告げられ、顔だけ洗ってマンションを出た。

外は明けはじめている。山の稜線からは白々と朝靄《あさもや》が立ちのぼっていくなか、病院一帯は山あいの縁《へり》にあって、まだ夜のほとんどが残っている。駐車場は病院の影を受けてよりいっそう暗い。車は数台しかなく、病院の裏口へ向けてまっすぐ突っ切っていった。

乾いた風に顔の皮膚から水分が奪われていく。アスファルトは乾いて凍てつき、割れた端々が白くかすれている。

ただ、寒さは感じなかった。今では背骨がいつも灼《や》けていて、常に微熱があった。その熱が頭皮や指まで行きとどいて、そのおかげで凍てつく寒さも心地よかった。ただ足だけが痛いほど寒かった。足が背骨から一番離れているせいだった。足元に染みてくる寒さで、踵の骨が今にも音を立てて割れそうだった。

裏口から医局のロッカーに直行し、手術靴下を二枚重ねて履いた。駆けつけた手術室に敷島はいなかった。隣の手術室で奥内と違う手術に入っているらしかった。かわりに遠山と元産婦人科部長の霜苗《しもなえ》がいて、中央の手術台には四日前に霜苗産科医院で出産したばかりだという女性が麻酔で深く眠っていた。

手術が始まると、霜苗は足台に乗って遠山の斜め後ろから、腹が開かれるのを待った。頭を背骨の先にどうにかぶら下げている、といった格好で顔は疲弊しきっていた。

腹膜炎を起こした女性の腹は、開けると汚れていた。酸化した血や漏れでた腸液が乳白色の小腸を穢《けが》していた。小腸をかきわけると奥から痛々しい子宮が見え隠れする。粗い縫い目が子宮を雑に走り、それに沿って粘膜が赤くただれていた。

帝王切開後の縫合不全だった。私は傷んだ子宮を認めて術野から顔を上げると、遠山は左目で子宮を捉えながら、外斜視の入った右目で手前の大腸を探っている。

遠山は牛の垂れた乳のような虫垂を探し当てるなり、右手の親指と人差し指で強く捻じりあげた。外科医の手にあらざる動きに思わず、私は目の焦点を遠くに飛ばした。次に焦点が合った時には虫垂は赤く腫れあがっていた。

「虫垂が炎症で腫れあがってる。虫垂炎による、んっ、腹膜炎で間違いないね」

遠山がそう言うと、霜苗は無言で頷いた。

私が初めて霜苗を見たのは二年前だった。この病院の元産婦人科部長で、十年ほど前に近隣で産婦人科の医院を開いた。五年前にこの病院がお産から撤退してからは、町の西部で唯一お産を扱っている貴重な開業医。

ベテラン看護師からそう教えられた。今回も霜苗から遠山へ直に電話が入り、出産を終えたばかりのこの女性が救急外来に送られてきたらしい。

「虫垂の切除のまえに、子宮の糸のほつれも、んっ。ついでに改めておこう」

遠山がそう言って子宮にとりかかると、私も子宮に手を伸ばし、二人で赤く腫れあがった粘膜を切除し、縫いなおす。

子宮の処置が終わると、んっ。遠山が顔をよそに捻りながら、斜視の入った右目でこちらの動向をうかがいはじめる。私はその場で目を細め、マスクの中で口元を強張らせ、拒み続けた。

私の意志を理解すると、

「きみかわくん。離島とかの僻地《へきち》に行ったなら、君。たいがい一人外科医だよ、一人外科医。んっ。一人で虫垂を切除する見本を見せてあげよう」

遠山は前回と全く同じ台詞を告げる。遠山の手が虫垂に伸びると、私は腹の中へ顔を向けたまま目を強く閉じて、やり過ごそうとした。しかし、目は瞼で閉じられても、耳は独りで閉じることはできない。

カチャ、カチャ、くちゃり、ぽたっ、ちゃぷ、カチャ、カチャ、金属音と腸のよじれる音が続く。聞き慣れた金属音と頭に叩きこまれた虫垂切除の手順が、切られていく虫垂を瞼の裏に再現する。

両手を握りしめて耐えるしかなかった。体全体が強張って、吐き気がこみあげる。この間違った腹に全てを吐きだしたかった。腹を力ませて胃酸の逆流を押さえこむと、行き場を失った胃酸が周囲の臓器ひとつひとつに染みていき、内臓たちを腐らせていくように感じた。胃酸の逆流は防げても、んっと胃酸の臭いを含んだ空気が込みあげてきた。

帝王切開後の感染や縫合不全を虫垂炎として処理すること、それに関わったのはこれで三回目だった。地域のすべてのお産を押しつけられたこの産婦人科医が、患者とのもめ事だったり、その先に待つ訴訟で、お産の時間を取られるのを避けるために行きついたのが、この方法のようだった。そこまでしても霜苗は、今にも倒れそうな顔色をしていた。

霜苗は地域の妊婦だけでなく、コロナに感染したために分娩を断られた他の地域の妊婦たちも受け入れているらしかった。医院のベッドが足りないため、自院で分娩を終えた妊婦たちをこの病院に入院させているとの噂があった。遠山が自ら罪を被ってまで協力するのも、婦人科疾患の紹介先がなくなると困るからだった。

腹の中のことは、オペ室にいる看護師や麻酔科医すら知らぬまま通過していった。腹の奥までのぞけるのは外科医二人と足台に乗った霜苗だけだった。

とうとう金属音が止み、虫垂が膿盆にペタッと置かれる音がして私は瞼を開けた。大腸から垂れていた虫垂はもうどこにもなく、切除部位を緊《かた》く縛る縫合糸だけがある。

霜苗は足台から降りると、記録台に置いてある携帯を拾った。手術室の端っこで抑えた声でしばらく話しこんでから、

「妊婦が一人産気づいたようで。医院に戻ります。あとはお願いします」

遠山へ背中越しに報告する。遠山が腹を太い糸で縛りながら返事をすると、霜苗は手術室を出ていった。

手術が終わり、ICUに移送しても、女性は麻酔が効いてよく眠っていた。カーテンを閉じて、平穏な寝顔からパソコン前に移る。

「奥内ってまだオペ？」

夜間に緊急オペがたて続けであって、当番の奥内と敷島は眠ることなく、手術室で一夜を過ごしていた。

「二つ目も終わってるみたいですけど」

「あぁ、そう。先に終わってたか」

「手術中に倒れたみたいですよ」

「誰が？」

「奥内先生。ほら、採血、受けてますよ。それ以外は、何の検査もしてないですね」

前歯の裏で舌打ちを続けながら、奥内の採血データを検索した。ヘモグロビンの数値は思春期の女子より低い。

「あれだけおっきい体で貧血か。迷走神経反射か、起立性の失神かな」

他にもいくつかの内臓の数値が赤くマーキングされている。肝臓は炎症を起こし、腎臓は機能が低下していた。

「説明始まってますよ」

斜め後ろのカーテンから、遠山の声がくぐもって聞こえる。

「……帝王切開と同じ場所から切ったから、傷口は増えてないですからね……」

せめてもの償いの声が聞こえてくる。

「点滴オーダーしたから、あとは遠山先生にきいて」

「立ち会わなくていいんですか」

「まかせてるから」

健全な虫垂を切る役回りを遠山にはこれからも続けてもらわねばならない。体力的にも、私はこれ以上何も背負えなかった。


医局に戻ると、奥内が小ぶりの点滴に繋がれてソファで横になって寝ていた。顔色の悪い奥内を通り過ぎ、据え置きのヒーターを「強」に設定する。

寒波で増えたのは腸疾患の患者ばかりだった。この地域はなぜか冬場になると腸疾患が増加した。腸が捻じれる、腸がはまる、腸が抜けでる、腸が腐る、腸が裂ける、腸に穴が開く、腸が赤く腫れあがる、腸が血管に挟まる、腸が膨れて破裂する。

先ほどから外側の踝を割れんばかりに痛めてくるこの底冷えと、何らかの因果関係を感じずにはいられない。しかし、寒さでどうして腸がやられるのか。

デスクに伏せると、頭が揺れはじめた。眩暈と嘔吐がすぐにでも起こりそうだった。身体が今にも破綻する。そんな予感がここ数日の間に何度もこみあげてきた。

「これだと、午後の手術は」

「もう一本血管とるか」

やりとりに顔を起こすと、敷島がソファで寝こむ奥内の前に立っていた。敷島はそのたくましい親指で点滴の流量調節をいじり、落ちる速度をあげている。遠山も医局に戻ってきていて、口に弁当を詰めこみながら、その様子を見つめている。

「大丈夫です。点滴しながら、手術に入れば」

そういって上半身を起こそうとして、奥内はソファにどさりと倒れて沈みこんだ。それを見て、遠山は医局から早足で出ていった。敷島は奥内の瞼をこじ開けて、ライトで瞳孔を照らす。私が奥内に駆けよると、ドアが勢いよく開いて、遠山が大きな点滴バッグをいくつも抱えて戻ってきた。

「とりあえず、んっ、入れるだけ入れよう」

点滴スタンドに大きな点滴を吊るす遠山の後ろを、

「採血の項目を追加してきます。あと、心エコーも」

報告しながら通り過ぎると、

「いらないいらない。検査なんかっ」

遠山は首を捻じって片目で睨みつける。

「病気を見つけて、んっ、どうする？　病気が見つかったら、治療が必要だろっ。こういう時は点滴をばかばか流して、ボリュームを入れるんだよっ。無理やり身体を膨らますんだ」

遠山は小ぶりの点滴から大容量の点滴に差し替えていく。

「すいません、点滴が全部落ちたら大丈夫です」

奥内が半目になって弱々しい声で返した。がっしりとした体格から想像できないか細い声だった。オォーー。ヒーターの音が大きく唸りをあげる。

「んっ、んっ。いやいや。点滴落ちたら大丈夫、じゃなくてさ。んっ。落ちるまでどうするの？」

遠山が貧乏ゆすりをしながら怒鳴る。

「十分後には、十二指腸穿通《せんつう》の緊急オペだ。飛ばせるオペじゃない。予定の膵癌の手術も後回しにしただけで、なくなったわけじゃない。さっき救急から入院になった患者もオペ待ちだ。かわりは？　んっ、んっ、かわりの医者いるの？」

怒気に充ちた声色が続き、遠山の首筋に血管が浮かびはじめる。

「なんで倒れた？　んっ。この状況わかったうえで倒れた？　んっ」

そこから一転して遠山は黙りこむ。そして、言葉以前を「んっ、んっ、んっ」遠山はひたすらに呑みこんでいく。息遣いが荒くなり、突然に音が途切れた。すると、悪寒が来たように遠山が身震いして、ふっ、ふふっ、と短い呼気を連続して吐く。

ふっふっふふふっふっふふふふ。切迫した息遣いから、食器のずれる音、送風で書類がはためく音、そういった些細なきっかけでこの部屋の何かが破裂しそうだった。いつか来るものが遠山の喉元まで迫っていた。重苦しい空気が肺と腹に入りこんでくる。私は後ずさりして、力なくデスクの上に腰かけた。

基幹病院の救急医療センターが崩壊した時もこんな感じだったに違いない。市立病院が逃げるように撤退してから二年の間、救急医療センターには多くの患者が押し寄せた。激務に耐えかねて辞めていく医者がいるなか、残った何人かの医者たちで無理くりしのぎ続けた。彼らは新しい医者が二人増える来春までとにかく耐えきるつもりだったらしい。しかし、とうとう四十代の外科医が脳出血で倒れた。その穴を埋めるべく三十代の外科医が七十時間連続で働いて心臓発作を起こした。そこからドミノ倒しで、医療センターはその日のうちに崩壊したのだ。

「一時間ずらしてもらえれば」

奥内が声を振り絞っても、依然として誰もが黙りこんでいる。体内に重苦しく溜まっていく空気がゆったりと折り返して、私の喉にも込みあがりだしていた。医局に薄っすらと、その種の雰囲気が漂うと、すぐに部屋全体が吹きだまっていく。

「大丈夫です」

奥内は少しはっきりとした声を出した。患者を見捨てるには、奥内はまだ十分ではないと思った。起立性失神、肝炎、腎機能低下では死にはまだほど遠い。最初にドロップアウトする人間はどうあっても患者よりも病んでいなければ。百歩譲っても同等でなければ許されない。

一週間ほど前、ミイラ少年の火傷した顔の皮下で密かにカビが繁殖していたことがわかった。治療をはじめたものの、カビは一気に全身へと広がっている。意識はなくなり、ふたたび口に管が突っこまれ、顔の皮は一部剝がれて新しい皮膚を必要としている。

「大丈夫です」

少年の主治医である奥内は脳梗塞で半身不随にでもなって、口の端から涎がだらだら垂れてしまわないかぎり、辞めることは許されない。

それよりも遠山の首筋で怒張する血管に、私は期待の眼差しを送っていた。首元にくっきりと膨れあがった太い静脈、それは心臓に血が溜まっていることを意味していた。鬱血性心不全なら、あるいは脳の血管が弾けるのでも十分だろう。

血管は肥えたミミズのように腫れあがりながら遠山の首を遡っていく。首元から這いあがり、耳元へと向かってのぼっていく。斜視の入った右目が真横を向いていて、そのミミズをまじろぎもせず監視しているようにみえた。

私は悪くない、と医局の壁に掲げられた院是を仰いだ。患者は見捨てられないが、『誰の命も見捨てない』の中に医者の命は含まれていない。ならば今、遠山の心不全の徴候を見て見ぬふりをしても、その結果遠山が死んだとしても、私に罪はない。医者は見殺しにしていい。

私はマスクの下で微笑みながら念じた。さぁ、はじけろ、はじけろ。遠山の首筋で腫れあがる血管に向かって強く念じる。死亡診断書に鬱血性心不全でもクモ膜下出血でも書いてやるから、はじけてしまえ。

そう深く願った時、真夏の光線を浴びたように視界が白く弾けた。頭蓋の底から炭酸よりも微細な気泡の湧きあがる音がして、後頭部に苦味がこみあげた。自分の脳血管が破裂したのだと思った。血管からあふれでる血の海に沈んでいく脳を想像した。乾いた脳神経が潤っていく、そんな赤い滴《したた》りを頭に感じた。血の記憶としての光景が駆けめぐってくる。それは人が死の直前で見る映像だと思った。

継ぎ目なく並ぶ屋台の煌々とした灯りが、湿気を払うように夏の夜を照らしている。屋台の裏側の道路は封鎖されてはいないものの、歩行者天国のように人が行きかっている。一方通行のその道路を軽トラが歩行者たちを抑えながら進んでくる。途中で一時停止をすると、屋台の裏手からアロハシャツを着た金髪の男性が出てきて、後続のSUVに頭を下げる。運転座席から頭にタオルを巻いたドライバーが降りてきて、二人で荷台から小型のプロパンガスを降ろそうとした時だった。ゆっくりと無人の軽トラがバックをはじめた。ドライバーが急いで運転座席に戻ろうとするなかで、金髪の男が荷台とSUVのフロントの間に、徐々に挟まれていった。痩せた身体から低い唸り声があがった。屋台と屋台の隙間から人がなだれこんできて、道路は一瞬で人だかりになる。

ある者は救急要請、ある者は交通整理をはじめる。すぐに八百メートル先の消防署からサイレンの音があがった。音が近づくにつれて人混みがゆるやかに分かれていく。サイレンがやんで、救急車がSUVの後ろに停まった。

救急隊によって、金髪男はすみやかに収容されると、周囲の人間たちが、救急車が通れるように行きかう人を道から払っていった。しかし、救急車は一向に発車しない。いつまで経っても救急車は停車している。不審に思った人たちが時おり、運転座席で電話をかけ続ける救急隊にたずねた。窓をノックされるたびに救急隊は、市内にある三つの総合病院は現在どこも救急医療をやっていない。いま、隣市の病院に順番に連絡している。と説明を繰り返した。

車内から時々響く雄叫びに、耐えきれずに去っていく人もいれば、それにつられてやってくる人もいた。入れ替わるだけで、救急車の周りには一定の人だかりがあった。そのなかで新しい誰かが窓をノックすると、今は隣の県の病院に電話をしている、ただ、他の地域からの救急車には病院は冷たい、医者に繋がる前に事務で断られる。と救急隊は病院リストを見ながら答えた。周囲では自分たちの携帯で市内の病院に電話をかける者たちもではじめたが、腹部を車の間に挟まれた人間がいると言うと「では急いで救急車を呼んでください」と言われ、次第に電話をかける者はいなくなっていった。

一時間以上が経ち、救急隊が一度断られた病院に電話をかけなおしはじめた時だった。遠くから低いクラクションの音がした。一方通行の通りの反対側から、黒いセダンが逆走して突っこんでくる。車から降りてきたのは中年の男女だった。中年の女は救急車のリアハッチを開け、中年の男は救急隊と口論をはじめる。しばらくすると、中年男はタオル巻きの男と一緒になって、金髪の男を担ぎあげた。救急車のリアハッチから運びだすと、周囲からどよめきが起こった。セダンの後部座席に運びこむと、若者の一部から拍手が起こる。引き留める救急隊を振り切って、セダンは発進した。周囲の見物人が「怪我人怪我人」と怒鳴って道路から人を払うと、セダンはクラクションを鳴らして猛スピードで走り去っていった。救急隊に向かって数回の野次が飛んだ。彼らが救急車に乗りこむと、同じ集団からブーイングが起こった。救急車が引き上げていく時、その方角から一尺玉の牡丹花火があがった。屋台の前の流れがいっせいに止まって、たくさんの顔が夜空を同じ角度に仰いだ。

牡丹から始まり、花火は千輪《せんりん》、柳と入り乱れながら移りかわっていく。数十分経った頃にはハートや蝶の型物になる。市の中心の田園地帯、そこを南北に流れる一級河川の河川敷から上がることもあって、花火は市内のほとんどすべての場所に光を放射した。

前半が終わるころには、夜空を煙がおおっていた。月の光に照らされて、ぼうっと広がる大きな白煙は、町の魂のように浮かんでいた。それがすっかり風に流されたあたりで、夜空に鮮やかな破裂の連続が起こった。スターマインは後半に入った合図だった。

ＪＲを跨ぐ高架の歩道橋も多くの見物客で混雑していた。一際大きい花火が連続であがった。より高く上がる三尺玉につられて、見物客全員が首を空へとのけぞらせる。そのすぐ横を、先ほどのセダンが徐行のスピードで通り過ぎていく。高架の坂を登っていく車は、花火を真正面に迎える形になる。乗車する人間の顔に花火の色がそのまま映った。極彩色の光にも彼らは瞬きをしない。三十分前、医療センターに直接運びこんだものの治療は始まらなかった。事務員をどやしつけても電話を片手に、外科医がいないと言われるばかりだった。あげくの果てに、先ほどと同じ救急車が医療センターにやってきた。知人から市内にまだ開いている個人病院があると電話があった頃には、車にはさまれた金髪男の呼吸と心臓は止まっていた。高架を登りきって下りはじめると、車の中は花火から完全に影になる。遺体を載せた車が下り坂の速度で、市内にむけて坂をくだっていった。

「おい、公河」

上品な茶葉の匂いがした。冷えた感触が頭をおおっていく。デスクに腰かけたまま、私は後ろの棚にもたれかかっていた。口元が濡れていて血だと思った。手で口を拭うと、掌に吐物がべっとりとついた。

視界がはっきりとしてきて、たくましい太腿が見える。たどっていくと、敷島だった。蓋の開いた製薬会社差し入れの玉露を持って立っている。力が入りきらなくとも、腕は上がることは上がった。玉露を受け取って少量を口に含むと、かすんでいた意識が明瞭になってくる。

セダンの中の人間たちの、花火に照らされた顔々。紫の光線がX線のように通過して、その影絵だけが残ったような複数の顔に、後頭部が後ろに引かれていって首がのけぞった。

臨終の間際に、脳内をめぐってくるとされる映像。あれはまさにそれだった。因果なことに、私の死の縁《ふち》に駆けめぐってきたのは自分の一生ではなく、見知らぬ救急患者のそれであった。つまり、私はどうやっても患者から逃れられない。死の瞬間も共にある。そして、この町の住民は全て私の患者なのだから、あの金髪男の死に対して私にも責任があった。

玉露とは逆の手に、いつの間にか持たれていたPHS。その画面を見つめて、呼び出しを待った。しかし、救急隊からあの男の受け入れ要請の電話はかかってこない。画面は静かで不在着信すらない。甲高い電子音とともにＰＨＳが振動することを望んでいた。私の患者になれなかった、そして、誰の患者にもなれずに死んでいったあの男。

駆けめぐった映像は、夢でもなく妄想でもなく、現実的な重みがあった。あれは実際の出来事だ。かつてあったのか、これからあるのかはわからない。あの男の死がいつのことか。自分の最期に見る映像が他人の一生ならば、過去だけでなく未来も含む。

もし、あれが未来の出来事ならば。救急医療のなくなったこの町で起こり続けるただの日常。受け入れられずに路上で死ぬ人間たちの、数百数千の死がこれから私の体を無条件に貫いていく、そんな予感に背骨が震えた。

同時に違った感覚も生まれた。人間の死んでいく瞬間。今まで病院に独占されていたそれが、この町にあまねく解放される。すべての住民が等しく、他人の死にゆく瞬間に立ち会う権利と、立ち会わねばならない苦しみを得る。それだけのことにも思えた。病院でお産ができなくなって、自分たちで産む機会と苦しみを得る未来も浮かんできた。生と死の解放が、これから町のあらゆる場所で起こる。ただ、それだけだった。

身体に力が戻ってくると、あのセダンの中で死に際の光線を浴びた顔たちが散り散りになって薄れていく。一つの死が去っていくと、その次には何も流れてこなかった。数年前からつまっていた体の奥から、私は深い安堵の息を放った。一人の患者を受け入れず見殺しにした重みなど、すぐに消えていく。受け入れた患者の死ならともかく、受け入れなかった患者の死など軽いものだった。

敷島の奥に、立ち尽くす遠山が見えた。両腕は力なく垂れ、太鼓腹は完全に静止して、膨らみも縮みもしなかった。私はマスクの下で微笑んだ。

私が戦慄したのは、これから先この町で受け入れ先なく死んでいくだろう住民たちの死の総体。数百数千の見知らぬ死の重なり。それらが私に被さってくることを畏れた。幸いにも、これからずっと花火に照らされた顔たちにうなされるのは私ではなく、過労死する遠山だ。

玉露を飲み干したころには、明快な視界が戻ってくる。すると、冷淡なほど現実的な考えが湧きでてきた。外科医が手術のできない町にいてもしかたがない。移動する時がきた。他の町に移るか、それとも、慢性期の病院で身体を休めるかのどちらかだった。

アングッ……ングッ、ク。大きく飲みこむ音がした。私はおおきくうなだれた。まだこの地で眠らずに働かねばならないようだった。諦めて顔を上げると、今にも弾けそうだった遠山の首の血管が萎《しぼ》んでいき、太鼓腹も大きな腹式呼吸を再開する。死へ引っ張りこもうとした過労を、ンッ……ック、ンッ、ク。遠山は丸呑みし返した。

「おくうち。点滴が落ち切るまで、んっく、んっく、横になって、んっく、休んでろ」

遠山は外斜視の右目でこちらあたりを睨みつけた。

「きみかわ、とりあえずおまえが次の手術に入って、んっく、腹開けるところまで執刀しろ」

「病棟の入院患者どうするんですか？」

「ほっとけ。んっく、今は誰も心臓止まってないだろ」

「もし、誰かの心臓」と言いそうになってから私は口を噤《つぐ》んだ。そうなった時はその患者が死ぬだけだった。

遠山が重たい足音で医局から出た後、しばらく静寂が続いた。デスクから腰を上げてソファの前に立った。奥内はぼんやりとした薄目で天井を見つめていた。

「おい、奥内。おいっ」

寝こむ奥内に言葉をあびせた。奥内は舌打ちをして、右手で点滴の管を二回弾く。

「病人ぶるなよ。午後から病棟で患者の腹水抜くから。手術室に四十分後には絶対来い」

「なんで、寝ずに働いたら内臓壊れるか知ってるか」

奥内が薄目のままつぶやく。

「はぁ？　あのくらいの数値で休めると思ってんのか」

わずかに開かれた奥内の瞼、そのあいだの瞳が不気味に底光りした。

「何十時間も横にならんかったら、縦に連なった内臓がな、重みで潰れていくんや」

奥内は浅い息をもらし、目を閉じた。

「肝臓は胆嚢と胃に、胃は十二指腸と膵臓に、脾臓は腎臓に、膀胱は大腸にってな、のしかかって、もたれかかるんや。睡眠不足じゃなくて、背骨を立てっぱなしなのがあかんねん。おまえの血尿もそうや。体の重みで赤血球が潰れてるんや」

私はとっさに点滴の流量調節を指でいじくった。

「そうやっても、それがなんや」

点滴の落ちる速度を最大にまで回して、

「腹だけ開けとくから、三十分で来い」

横たわる奥内を見下ろした。

「間に合わんかっても、腹開けたままでほっとくからな」

そう吐き捨てると、奥内は皺が寄ったままの額を指で掻いてから小さく頷いた。

6

横風がベランダを吹き抜けていった。半袖の術衣からでた腕の皮膚が強張《こわば》って、象のように硬く分厚くなっていく。深夜のベランダに灯りが一つもなかった。秋まで建物に張りついて明滅していた紫色の非常灯も壊れたのか点いていない。漆黒の壁が鼻先まで迫っているようだったが、草のざわめきが起こると奥行きを感じた。

ベランダの手すりから身を乗り出して、草々が互いに茎や葉を打ちつけ、千切れていく音に耳を澄ました。凄まじい突風に一際巨大な葉音が上がり、何かが込みあげてくる予感がした。

しかし、恐れた破綻はいつまでたっても起こらず、予感だけに終わる。喉にだけ不吉な名残が粘着していた。捻じ曲げられた気管のなかを、歪な呼吸が出入りする。

「寒くない？」

暗闇の中からたずねてくる声に私は周囲を見渡した。しかし、ベランダはあまりに暗かった。全てが暗闇に没していて、誰かいるのか、誰もいないのか、確認できない。汗が滲みでたが、どういった種類の汗かわからなかった。真冬の風に皮膚は硬く締まっていたが、背骨にまとわりつく熱で体感は暑いくらいだった。

暗闇に向けて返事する気は起こらず、黙っていた。幻聴に返事をするとどうなるのだろうか。幻聴がもし自分の無意識が作り出したものならば、会話はできない。しかし、それが見えざる他者の声ならば可能だろう。

死者の誰とでも会話できるなら、私が話したい相手は一人しかいなかった。

〝なぁ、ヤナザキ〟

空気がもれる程度の声で話しかけた。幻聴相手であれ、死者相手であれ、声帯で作り出せるもっとも繊細な振動で話しかけるのがふさわしいと思った。

〝今はもう、安らかなんか？〟

声はあまりにすぐに散っていって、本当に声帯が震えたのか確信がもてなかった。返事はなかった。いつまでも待とうと思った。しかし、彼女の追悼碑が建つまで、自分は生きていられるだろうか。

差し迫った自分の死にうなだれそうになった時、

「寒くないんか」

ふたたび声が訊《たず》ねてきた。その声はまだ生きている人間のものだと思った。

声帯の筋肉が震えたような現世的な響きに私は前後を思い出した。夜の七時から始まった緊急手術は日付をまたいだところで終わって、そのまま奥内と二人で、この手術準備室のベランダを訪れたのだ。ベランダに着くまで二人とも何も話さず、ベランダに出てからもどちらも声を発しなかった。そのせいで、いつからか一人でいる気になっていた。

どれくらいベランダで立ち尽くしていたのか。切れ切れになった意識をかき集めた。奥内を探そうと左右に目を凝らしてみたが、暗くて焦点を結べない。私はすぐにあきらめて、目から意識を引き上げた。

奥内はベランダで闇に紛れているのか、寒くてすでに手術準備室に入って、そこから声をかけたのか。それとも、やはり幻聴か死者の声かもしれなかった。

「寒くないんか」

今度はベランダのどこかから聞こえた気がした。

〝足元だけ〟

日に日に寒さと乾きが増していた。この数日などは特にひどかった。原因不明な腸疾患が何件も重なり、緊急手術が絶え間なくあった。

ざざざ
枯れ草たちが乾きの増した真冬の風に刈りとられ、巻きあげられ、私の頬を打った。

「寒すぎるわ。なぁ、中に入りたい」

声がさざめいて聞こえる。枯れ草の呻きが人間の声に似通ったようでもあった。

〝もう少しいる〟

「一緒にはいろう、なぁ？」

〝もう少しいる〟

「そうか。おまえもやっぱりざざざざざざ」

その声が葉音に埋もれていった。私はベランダに背を向けて、吹き寄せる寒風を背後から受けるが、背骨の熱は少しもかわらず燃え続ける。あきらめて、金属扉のノブに手をかけた。

重たい扉を押しこんで、準備室にはいった。廊下へ出るドアはわずかに開いていて、隙間から廊下の光が射しこんでいる。その光を逃れるように、大きな体軀が陰で丸まっていた。鼠のような鳴き声がした。丸まった奥内の、口元から音は発せられている。

近づいてのぞきこむと、奥内が点滴バッグに注射針を刺し、高濃度のブドウ糖液を吸いあげている。鳴き声が止み、ぐっくと詰まった嚥下音《えんげおん》がした。

「公河。さっき敷島が探してたぞ」

奥内が注射針から顔をあげる。

「最近なぁ、どんだけ嚙んでも、食べ物が喉通らんねん。腹減って、腹減って、たまらんのに、どうしても喉が通らん」

薄い光に照らされた奥内の目尻は今にも寝てしまいそうなほど垂れているが、瞳はうわずって険しい。何も返さず黙っていると、吸いあげる音が耳に障る。

「それ、濃すぎて胸やけ起こるやろ。点滴したろか」

「いらん。栄養が欲しいんじゃなくて、おなかを満腹にしたいんや」

奥内はそう呟き、ふたたび鼠のように鳴きはじめる。私は棚から一回り太い針を探しだし、奥内に手渡した。

ぐっく。ぐっく。ぐっ……。詰まった音が部屋にくぐもって響く。

「ちっ、喉が開かん」

奥内は一息つくと、口角を精一杯引きあげた。

「おれも腹に、穴でも開けて胃瘻造ろかなあ。そしたら、喉通さんでいいし、一分で満腹になれる」

火傷痕の引きつれみたいに歪んだ口元、そこを薄い涙が通り過ぎていく。

「おまえに造ってもらお」

「そんな時間ないな。遠山に頼め」

「あんなやつに腹いじられたくないわ」

「ついでに人工肛門も造ってもらえよ。そうすればトイレいかんくていい。手術中でもパウチに排便できる。ぶっ続けで手術できる。よかったな、奥内」

「あははは。それはありやなぁ。それやったら膀胱瘻もつくってもらおか」

奥内は血の乾いた術衣をめくって腹をさらけだすと、

「ここに食べ物入れる穴ぁ」

うわずった声でお臍の上を指さす。

「臍の横には便の穴ぁ、おしっこ出すのは小さい穴ぁ」

奥内は人差し指で、臍の横から下腹部へと続けてなぞっていく。右の脇腹に小さな丸いシールが貼ってあって、何かと目を凝らした。

「看護師長には言うなよお」

奥内は医療用の麻薬シールを手で隠すふりをしてから、

「言わんかったら、ばれんからなあ」

涙をよだれのようにだらだらと流しだす。

「さぁ、喉がほぐれてきたぞぉ」

点滴の中の溶液が勢いよく目減りしていく。

「これで喉がつーつーや。羨ましいやろ。あははははは」

「おれはいつでも喉通る。おまえとは違う」

「違う？　そやなぁ、違う違う。おまえは、おれとは違う。知ってんぞぉ。一か月前に、三階の末期癌患者の、麻薬のシール、一枚から二枚に増やしたやろぉ」

「それが？」

「おかしいなぁって思ってな。その患者を見に行ったんや。麻薬貼られてうっとりしてたわ。でもな、二枚のうち、一枚はなぁ、製薬会社が配ってるサンプルのシールやったわ。サイズ確認するための、同じ大きさのただのシール。おまえも、おれとおんなじやり方でくすねてたんやなぁって」

「一回だけ」

「そやな。一回だけやった。それからどの患者もサンプルのシールは貼られてなかった。おまえすぐにやめたんやな。だから、他の盗み方、思いついたんやろなって思ったけどな、ははは、でもな、」

「もうしてない」

「知ってる知ってる。おまえはもうしてない。ははは。きかんかってんやろ、麻薬。使ってみたけど、しんどいままやってんやろ?」

「はぁ?」

「業の深いやつやぁ。麻薬でも癒されへんて、ははっ。あいつですら、麻薬貼ったら、穏やかな最期やったわ。顔が焼けただれてカビだらけでも癒されたのに。ははっ。きみかわぁ、おまえがなぁ、この病院で一番かわいそうな人間やっ」

「なんやとっ」

「なんでも喉通るのに痩せてきてるし。ほんまに、みじめや。裏で人でも殺してんのかぁ? あはははっ。おっ、殴るかぁ。殴ってみぃ。殴っておまえが癒されんねやったら、殴ってえーぞ。ぼこぼこにされても、明日からおまえが元気に働けるんやったら、そっちのほうがこっちも助かる。そのかわり患者一人受け持ってくれよ。さぁ、殴れぇ殴れぇ、はははは」

奥内が笑いながら腹を抱えると、大きな体が前に転がる。術衣がはだけて、背中に違う大きさの三枚のシールが見えた。そのうちの一つは血圧を下げるものだと色合いでわかった。

奥内は前に一回転して床に横たわると、ますます大きな笑い声をあげる。大きく開いて笑う奥内の口。ヤニがこびりついた歯が並ぶなか、右下の奥歯が二本抜けていた。

「おまえ、その奥歯ぁ」

「虫歯一本抜いたらな、虫歯でもなんでもない隣の歯がぐらついてきて、一か月で勝手に抜け落ちたわ。今はその上の奥歯がぐらついてきてる。このペースで抜けてったら、近いうちに総入れ歯やな。はっ。もうええわ、歯ぁとかいらん。どうせ液体しか喉通らんねんから、ははは」

奥内は横っ腹を抱えて上半身を起こすと、

「おまえなぁ、昨日の朝がた、救急車一台断ったらしいなぁ」

よだれまみれの口元をひしゃげ、にんまりと含み笑いをする。

「救急車ちょうど一台受けてたからな」

「あれ、うちの長年のかかりつけ患者やぞ。後でおれんとこに電話かかってきてなぁ、県外の病院に着く前に亡くなったらしいぞぉ」

「しょうがない」

「薄情もーん。断る時はなぁ。ははっ、ちゃあんと唱えてやるんやあ。向こうの電話をスピーカーフォンにさせてな、南無阿弥陀仏、南無阿弥陀仏って患者にきかせたれぇ」

「おれの実家は般若心経や」

「そうか、おまえは、摩訶般若波羅《まかはんにゃはら》みーたーかぁ。あはは。なぁ、続き教えてくれよ。なぁ。患者に見合ったお経覚えておかな。アーメンに、イスラムはなんやっけ?」

幼児の頃に祖母の横で毎日唱えているうちにすっかり覚えた般若心経、それをひさしぶりに心の中で諳《そら》んじてみる。

敬虔な仏教徒だった祖母は朝と晩の二回必ず仏壇の前に座った。祖母の般若心経を真横で聞く時はいつも、あの二百六十二文字の言葉のたなびきに、幼児ながらに森羅万象の響きを感じた。まだ言葉を知らなかった幼児の自分にさえ、いや、言葉を知らないがために、祖母の読経に空っぽの全身が共振したのかもしれない。

「摩ぁ訶ぁ、般若ぁ、波ぁ羅ぁ」

低く静かな声で唱えてみる。それでも、今の自分の体には人間の死が無数に詰まっていて、全身に響く前に硬い内臓に減衰して消えていく。震える場所が体のどこにも残っていなかった。

「あぁ、もういいもういいもういい。やめろっ。やめてくれっ」

奥内は両手で耳を塞いで震えだし、ぎぎぎっと歯軋《はぎし》りする。途中を思い出せなくなり般若心経をやめても、

「やめてくれぇ、光。眩しい……」

奥内は眉をしかめて、壁に上半身をもたせかけた。

「目ぇ、割れそうや」

「おい」

奥内の震える肩に手を載せようとした瞬間、

「あぁ。柔らかい。光。あぁああ。柔らかなったぁ」

奥内は両手を顔から離して、眩しそうにしかめていた目元を緩ませる。

「あぁ、雪。雪やぁ」

暗い天井に向けて掌を返した。

「あぁ。雪。天の空気を包んでる。ここに、天国が、降りてきたぁ！」

奥内は歓喜の声をあげてから、何かに気がついたように斜め上に目を凝らして、うわ言のように話しかけた。

「おぉ……そうか……それやったら、もう安心や……じゃあ、今度はおれを助けてくれぇ……背中に、背中にもう一枚……貼ってくれぇ」

奥内は目の焦点までも緩ませると、中空の、どこでもないどこかをうっとり見つめだす。

「おい、ヤク中」

話しかけても、奥内は反応しない。ただ、下の術衣の股間の部分が緑色から赤緑色に変わって、尿臭と便臭が上がってくる。

「おぉぉぉ………」

奥内は感嘆の長息を漏らすと、同時に目と鼻からどばっと大量の涙が、口からは唾液がだらだらと出て、顔面が液体で覆われる。震えるような呼吸をしばらく続けた後に大きく呼吸して、

「ありがとうございますありがとうございますありがとうございますありがとうございますありがとうござ……」

厳かに合掌しながら、息がなくなるまで繰り返す。感謝の言葉を吐きつくすと、深い息継ぎをしてから、

「これからも命救いますっ。救急断りませんっ」

手をすり合わせて、

「命救いながらっ、死にますからっ」

一気に顔をへし曲げて絶叫する。途端に吐息が荒れて、ぴーぴーと歯のない歯茎が鼓膜を割るような息ずれの音を鳴らす。

「わかってますわかってます。医者のくせにっ、患者みたいに毎晩寝てるやつらはっ。岡田もっ、友香もっ。働きながら、死なない医者はっ、いずれ、落っ、落っ、」

唇からよだれをぶるぶると垂らす。

「おぉぉっ。祈れ祈れっ、病人どもっ。おまえらのために、これから死んでいく人間に祈れぇっ」

孤独な人間を迎えるように奥内は両腕を大きく開いた。そこから力強く、自分で自分を抱きしめた。

「おぉぉぉ。寒い寒い。公河、点滴打ってくれぇ。寒い寒い」

痙攣のように震えると、奥内は術衣の首元をつかんでくる。その手は新雪をにぎったかのように冷たかった。

「あぁ、あれやってくれぇ。真冬の河に飛びこんだやつに、温めた点滴打ったったやろ。あれしてくれぇ。お湯で温めた、あっつーい点滴、首にうってくれぇ」

奥内は猫のようにうずくまると、

「南無阿弥陀仏、南無阿弥陀仏」

早口で念仏を唱えはじめる。一心不乱に唱えながら、床に頭を擦りつける。吐き気で「おっ、おぉ」とえずき、体がびくっびくっと大きくのたうってから、床にごろんと転がった。

仰向けになると、嗚咽がゴポゴポと喉で窒息する音に変わる。奥内の背中に右足を差しこんで、上から見下ろした。髪が唾液と涙で濡れてぐちゃぐちゃで、体からは吐物と尿と便の混じった臭いが昇ってくる。

もう死なせてやろうと思った。麻薬で心地よく死ねるのだから恨まれはしない。ミイラ少年も死んだ今、奥内が救いたい患者は他にいなかった。実際、血色は蒼白くなっていくものの、表情は穏やかだった。せめてお経でも唱えてやろうと思った。

ただ、右足にもたれかかる奥内の背中には不吉な重みがある。人を見殺しにする重みだと思った。ずっと残り続ける感触だと本能的にわかった。なにより、ほうっておいて中途半端に生き残られるのが嫌だった。後遺症を残して、この夜から患者になられると困る。もう丸三日働いている。さすがにこの後はマンションに帰って休憩したかった。ここで救っておくのが無難だった。

奥内につばを吐き捨ててから、右足にもたれかかった背中を大きく蹴りあげた。奥内の体は横回転して、足が棚にぶつかる。横を向いた奥内の口から、どろりと透明の溶液が塊になって溢れでた。

「おいっ。奥内っ」

奥内の首を右足で踏みつけて、

「なんで、おれが、おまえの、治療を、せな、あかんねん」

ぐいっぐいっと揺らした。「ごぼっ」「がぼっ」と奥内は嘔吐をはじめた。

「おいっ、奥内。明日はおれとおまえで食道全摘の手術や。十二時間の長丁場やぞ」

体から麻薬のシールを全て剝がしてゴミ箱に投げいれて、

「甘えんなっ」

身体を揺すって咳きこむ奥内に吐き捨てた。

詰まっていた吐物がすべて喉から出ると、奥内は呼吸を取り戻して喘《あえ》ぎだす。荒々しい息の出し入れをしながら、手足をぶるっと痙攣させて、そこから自らうつ伏せに転がった。肘をついて上半身をなんとか起こそうとする姿を確認して、むせる声を背中で聴きながら手術準備室を後にした。

廊下には誰もおらず、どの手術室も今は使われていなかった。ロッカー室の電気は落とされていたが、空調はきいていて暖かかった。術衣を脱ごうとした時、ＰＨＳが鳴った。

〈外線〉

「もしもし」

恐る恐る電話にでると、

「今大丈夫?」

あきらかに健康な女性の声がした。

「ごめんね。二日前から携帯にかけてるんだけど、あれだったから。事務局に外線でつないでもらったの。着信見てない?」

「だれ?」

「友香。皮膚科の」

「あぁ」

「あのさ、この前に言ってた祝日の水曜日って無理かな。ほら、クリニックのバイトのやつ。実はシンガポールの学会行くために、もう飛行機のチケット取っちゃったんだよね。でも、かわりが見つかんなくて。お願い、たすけてー」

「その日、当直」

「そっか。あっ、じゃあ、奥内はあいてるよね。奥内って今、院内にいる？　手術中？」

「院内」

「そう、ありがと。奥内にたのんでみる」

ＰＨＳをスピーカーフォンにしてロッカーの上に置く。術衣を脱ぐと、裾に奥内の汚物がついていた。

「この前から相談したかったんだけど」

友香の声がロッカーに響いて割れる。

「今度テレビに出るの。病院で働く美人女医特集だって。もう受けちゃったけど、やめておけばよかったかなって」

私は顔を上げた。蜂の飛んでいる音がしたからだった。しかし、部屋には何も飛行していない。耳を澄ませると、蜂の薄い羽音が高速で擦れるような音は、誰かのロッカーから聞こえる振動音だ。誰かが誰かを呼び出している。

「外？」

「もう出る」

自分のロッカーに戻って扉を閉めると、蝶番が擦れて不快な金属音を立てた。

「あぁ、うん。遅くまでおつかれさまー」

非常階段をおりて、裏口から外へ出た。いつ抜けるかわからない病院の床と違って、地面の確かさは頼もしかった。三日ぶりにその揺るぎなさを実感しながら、駐車場を突っ切っていく。真ん中まで来たところで振り返った。

横手のだだっ広い青空駐車場に照明は一つもなく、かわりに病院の窓から漏れ出る光がぼこぼこしたアスファルトを薄々と照らしている。病室の窓はカーテンが掛けられているが、三階の医局だけが明るい光を放っていた。駐車場を抜けた先にあるマンションにも医局の光がほのかに及んでいる。

「せんせーい」

駐車場の奥から大きな声がする。レクサスのドアが開いて、事務長が駆け寄ってくる。後部座席から女の子が一人続いて降りた。

「いやぁ、お疲れ様です。あぁ、大丈夫です大丈夫です。内科ですから、内科。うちのチビがね、熱出しちゃって。あさって高校受験なもんで、それで小谷先生に電話して。今から点滴を一本って」

事務長は大きなお腹を撫でると、とろんとした目つきになる。

「おかげさまで、今年体重が増えたんですよ。再発の確率って何パーセントでしたっけ？　あぁ、そんなもんですか。いやぁ、時々不安になって。たとえ1パーセントって言われても、不安になるもんです。患者ってのは」

「また来月、胃カメラで」

「えぇ、お願いします。前まで週に一回来てくれてた、あの若い外科の先生、誰でしたっけ？　そう、浅山先生。彼に手術の痕を見せたら、綺麗な切り口だって。やっぱり、先生に切ってもらって良かったなぁって」


マンションの玄関をくぐると、医局の光は遮られた。郵便物で溢れる郵便受けを通り過ぎてエレベーターに乗る。ドアが閉まると、三年前の事務長の手術後のやりとりが唐突に蘇ってきた。

開腹手術が終わった直後の、まだ酸素マスクを着けたままの、麻酔が抜けきらぬ剝き出しの瞳。時おり、手術終了直後に麻酔から醒めてもいないが寝てもいない、そんな狭間に陥る患者がいた。そんな時、患者は誰が自分の体を切ったかを本能的に察知するようで、六人ほどのスタッフの中から執刀医を一瞬で見つけだす。そこからは瞬きもせず、じっとりとした瞳で自分を切った者を見つめ続けるのだ。私は途端に何か悪いことでもしたかのように感じて、目を逸らしてやり過ごした。事務長もそうだった。黙って数分の間、執刀医である私を見つめ続けてから、ようやく黒目をはっきりとさせ、そこから感謝の言葉を並べたのだった。

ヴィイ、ヴィィという振動に胸に手をやるが、羽織ったパーカーに胸ポケットはない。三階でエレベーターから出て、斜向いにある部屋の前で手さげ鞄をおろした。大腸癌の術後の患者が感染でも起こしたのかと携帯を取りだした。

〈ゆかり〉

「きみくーん、ひさしぶり。あれから、もっと忙しくなったんだってね？　あのね、せんせぇって、今病院にいる？」

帰り際にすれ違ったことを説明するも「電話に出ないの」と、ゆかりは敷島との今晩の約束について話しはじめる。

「携帯に何回かけてもでなくて」

「あの人、携帯ロッカーに置きっぱなし。忙しくて忘れてるだけ」

「本当に病院かしら。きみくんは先生の肩を持ったりしないよね？」

部屋に入ってベランダまで突っきった。ベランダの正面に病院が見える。

「もちろん」

駐車場の奥で三階の医局は煌々と光って、周囲の田圃まで照らしている。医局の中はがらんとしていた。かつては中堅の医者が使っていた右の列のデスクに医学雑誌が山積みされている。窓際でデスクに座って論文か何かを読む敷島が見えた。

「敷島先生、ベランダから見えてる」

「本っ当に、見えてる？」

「見えてる。あそこはあの人のデスクだから、絶対に誰も座んない」

「じゃあ、写真に撮っておくってみてよ」

抑えた声は直接ささやかれているようでくすぐったい。

「ねぇ、きみくん。せんせぇってさ、結婚してないよね？　ほんとに未婚だよね？」

「未婚。あんな人にね、あっ。今、写真送った」

「うーん、画像粗いけど、せんせぇっぽいか」

そう呟いた後、ゆかりは「あっ、フンゴウキって見つかった？」とたずねてから電話を切った。ベランダから戻って、ソファに寝そべる。体の中に溜まった熱を冷えた合皮《ごうひ》に押しつけた。寝返りを何度も打ち、体が馴染む姿勢を探すが見当たらない。

いつからか捻じ曲がった姿勢でないと寝つけなくなり、掛け布団の重さすら眠りに障った。その頃からベッドではなくソファで寝るようになった。最近ではソファでも落ち着く姿勢が見当たらなくなって、寝入っても宙に浮いたような睡眠になった。目覚めた後も寝る前と変わらぬ疲れを引きずっていて、もはや睡眠は本来の力を失っていた。

この数か月、睡眠時間は極端に減っていたが、そんな力のない睡眠をとろうがとるまいがどうでもよかった。実際、眠気はほとんどなかった。ただ横になりたかった。背骨を横に倒している時、その時だけ疲れなかった。

目を瞑って、ソファの伸びきった合皮に顔や膝を強く押しつけた。ふと合皮にわずかな振動が加わって、呼吸が騒《ざわ》めいた。しばらくその振動に集中していると、救急車のサイレン音に育つ前にボワボワと輪郭を崩し、ただの耳鳴りに変わっていった。

安堵の息を漏らして寝返りを打つ。表面の粗い熱は散らばっても、背骨の熱は抜けない。この寝息は自分のものなのだろうか、それとも寝息を立てている夢を見ているのか。

ヴィイ、ヴィイ。

携帯の震える音に、午後の腎臓破裂の患者が思い浮かんだ。ソファから手を伸ばし、携帯を手に取った。時刻は三時半。

〈ゆかり〉

「ねぇ、きみくん。わたしね、いま病院の駐車場にいるんだけど、せんせぇが見当たらないの。三階の窓際であってる?」

誰よりも困っているのだという話しぶりに私は身を起こした。ベランダから外を見下ろすと、駐車場の真ん中でゆかりが病院に照らされて立っている。電話を切って、ベランダからサンダルを持って玄関へと向かった。

部屋に招き入れるなり、ゆかりは真っ白なポーチを持ったまま、部屋を突っきってベランダに出た。ポーチからオペラグラスを取りだすと、無言でのぞき続ける。

「今は窓際にいなくても、病棟か救急に呼び出されてるだけ」

駐車場のいつもの場所に敷島の古い型のジャガーが止まっている。

「すぐに戻ってくるから」

「うん。ねぇ、きみくん。ベランダで煙草吸っていい?」

「どうぞ」

「そうだ。美空もね、後から来るかも」

凍てついた夜風にゆかりの声が揺れながら部屋に響く。ソファに横向きに寝ころんで、ベランダを見た。幅の狭いベランダで室外機と肩を並べて煙草を吸う後ろ姿。それを見守っていると、不意に長かった三日間から解放される感覚が込みあげてきた。

「美空ともこの前、話してたんだけどね、ほら、失くしたフンゴウキのこと。患者のお腹の中にもなくて、手術室のどこにもないじゃない。ってことはね、誰かが持ち出したんじゃない？　ポケットにこっそりいれて」

寝返りをうって、天井へ向いた。

「無理無理。手術着にポケットないし」

「やり方はわかんないけど、手術室から持ちだした、それ以外に考えられないわ」

ぼうっと天井を眺める。白い無地に幾つかの顔を見た。死に近づきつつある者も、こういう風に幾人もの顔を天井に見いだすのだろうか。

「きみくん。ちょっといい？」

瞼を開けると、天井と目の間にゆかりの顔が挟まっていた。いつの間にか瞼を閉じて天井の夢を見ていたのかもしれない。睡眠を必要としなくなってから、たとえ眠りに落ちても、起きている感覚が続いた。

「せんせぇ、見つけたよ。肉眼でもはっきりわかるね」

窓際に敷島を見つけたが、電話にはあいかわらず出ないらしい。

「病院っていつでもみてもらえるの？」

「いつでも」

「歩いて行っても？」

「もちろん。具合悪い？」

「ううん、そうじゃなくて」

「あぁ、敷島先生か。医局に直接電話して呼び出そう」

「ううん。もういいの。今日はもう帰る。そうじゃなくて、ほんとに寝ないで働いてるんだなって。大げさに言ってるだけと思ってた。だって、今まで寝てないっていう人はいくらでもいたけど、ほんとに寝ずに二日も三日も働いている人に会ったことなかったから」

ゆかりの右手がすでに陰部に伸びていた。ゆかりの顔が近づいてきて、互いの唇が重なると、ぬめりとした舌が入ってくる。

ゆかりの舌は自らの意思を持っているかのように、ぬめぬめと自在に動く。生温かくて湿っていて、まるで内臓だった。舌は口まで出てきた真っ赤な肝臓、それの先端のようだった。舌の中心から、ドングドング。脈動する心臓の音が感じられる。

ふふふと笑うゆかりとは独立して、舌は私の上唇をめくったり、歯をなぞるように真横に動いたりする。舌に力があった。舌は唾液で湿ってなめらかで、生命の臭いがする。一方、私の痩せた舌は枯れすぼんでいて、口の底にへばりついていた。どの内臓にも繋がっておらず、干からびたフジツボのようだった。ゆかりの手でこねられる陰茎もくたびれたまま反応なく、ただ萎《しお》れていた。

「やだぁ。きみくん、なんか病院臭ぁい」

「三日間、病院に籠りっぱなしだったから」

ゆかりはすっと息を吸ってから、

「あぁ、そうよね。そう言ってたもんね」

目を丸く開いたまま、舌を引き抜いた。

「寝グセも全然ついていないわ」

後頭部を見つめてから、

「突然押しかけて、ごめんね」

ゆかりは左手で私の唇から口紅を拭い、股間から手を抜く。

「忙しくなくなったら、いつかセラマットに行こうね。せんせぇは興味ないから、美空と三人で行こう」

ソファ横から立ちあがると、ゆかりは小柄な黒い影になった。布団を掛けて「おやすみぃ」と床から白いポーチを拾って部屋から出ていく。玄関が開く音と共に、廊下から光が差しこんで、ゆかりの長い影が床に現れて消えた。

部屋は暗く静まりかえった。ただ、空気がいまだに揺れていた。自分の舌から唾液とアルコールの味がする。味わっていると、ほのかに酔いが回ってくる。自分の吐息が生温く湿っていて、その中に煙草と香辛料の匂いが混じっていた。

目を瞑ると、看板だけしか見たことがないセラマットが浮かんだ。赤と緑のネオンで闇のなかで輝く「セラマット・ジーワ」。いつか、三人で行くインドネシア料理店。そこに敷島はいない。病人もいない。

体がぐっと深く沈んで、ゆかりの重みを感じた。すぐに彼女の熱い舌が唇をめくってきて、細長い指で陰茎をこねはじめる。私は今すでに睡眠に落ちて、ゆかりの夢を見ている、そうだとわかった。下腹部に射精の感覚が込みあがってくる。むずむずとした夢精の予兆、その快感の先端に意識を集めた。

この五年間で誰とも交わらず、一度の自慰もなかった。そのせいか、はじめの一年ほどで夢精が数回あった。そして、本格的に忙しくなってからは夢精すら起こらなくなった。

数年ぶりだというのに、下腹部に快感が募っていっても夢精の予兆は実感に欠けていた。陰茎が勃起していないからだった。射精する力はもう残っていなかった。

むずがゆい快感は陰茎の先端まで移動できず、行き場のないまま下腹部に留まった。それから、その高まりは徐々に背骨に沿って昇っていった。臍まで昇ると、くすぐったくなったが、笑いもまた起こらなかった。

さらに背骨の前側をなぞりながら上がってくると、胸のところでじんわりと染みこんでいった。そこで目を開けてみようと思った。自分は寝ているようで、もう死んでいる。そう思ったが、瞼が何事もなく開いて、まだ自分は死んでいなかったのだと確信がもてた。

ゆかりはやはりおらず、かわりに天井にいくつもの顔がくっきりと見えた。全員が目をつむっている。みんな、麻酔をかけられても辿りつけぬほど深々と抜けた表情をしている。それは死化粧をする前の、亡くなったばかりの患者の死顔だった。薄っすら覚えのある、私が最期を看取った人間の顔々。

ずっと、忘れていた。亡くなったことすら忘れられていた人たち。そこには目を閉じたヤナザキの素顔もあった。ずっと思い出せなかった彼女の素顔が天井に浮かびあがっていた。ヤナザキが失われたという実感と涙がこみあげた。今になってようやく弔えた、ということなのだろう。少なくとも、天井に浮かびあがった顔の分だけは。

なお、胸が誰かに踏まれたように重く苦しかった。申し訳なさが他の何かと一緒くたに固まって、漬物石のように大きな罪悪感となって胸にのしかかっている。看取ったものの、いまだ弔えていない顔たちが胸の中で無数に押しつぶされて詰まっていた。真冬の夜気が温かく感じるほど、肺は死んだように硬く冷たいものになっている。

目の前の命を救うのに一生懸命だった。死者と向き合う時間などなかった。今もそうだ。救うだけで精いっぱいで、弔う時間などない。どうしようもない状況、にもかかわらず、やはりそれは胸にのしかかってくる。

目に冷気を感じた。ガラス戸が開けっぱなしだった。ソファから立ちあがり、服を脱いで全裸になる。ベランダから凍てついた風が全身に吹きつけるが、三日間、立たせ続けた背骨は気怠い熱を保っていて寒気は起こらない。感染症の罹《かか》りはじめのように、これから全身を茹であがらせる高熱が今にも出そうな悪寒と、微熱だけが背骨の隙間から滲み出している。そんな状態がここ一か月の間続いていた。解熱剤を飲んでも静かに燃える背骨の微熱はとれず、麻薬のシールを二枚三枚と貼っても背骨にまとわりつく不快感はとれなかった。

浴室に入って鏡の前に座りこむと、瞼の下に死斑のような黒紫色の隈が浮きあがっている。シャワーを握りしめた。レバーはすでに「冷」に回っている。シャワーヘッドを肩にかついで、背骨に沿って冷水を当てていく。皮膚の表面は凍えて、すぐにぱつぱつと張ってくる。針のように尖った寒水にじくじくと痛みだし、体全体が震えだす。膝が浴槽の横面を打ち鳴らし、顎の付け根がぎりぎりときつく締まっていく。

次第に全身の皮膚がウエットスーツのように分厚く感じられ、同時に皮膚を突きさす痛みが引いていく。皮膚が凍えに慣れたところで、かわって骨が割れそうなほど鈍く痛みだした。肩甲骨から指先の小さな骨まで、凍てつきに縮こまって軋む音を立てる。背骨もぎぎぎと軋んで歪んでいく音を鳴らしはじめる。

そうなって、ようやく燃えていた背骨の中身が冷やされていった。心地よかった。他ではどうにも取れないこの脊髄の微熱。嫌な予感の塊のようなこれが、数時間ではあるが無くなるのだ。全身が冷たく縮こまっていくなかで背骨の髄は緩やかに伸びていき、意識はぼうっとしたまどろみにはまって、疲弊した体を置き去りにできた。

この習慣ができて数週間になり、その度に私は忘れていたヤナザキの最期を思い出した。浴室で発見された時、シャワーは「冷」だったのではないか。私は患者のように高熱を出したり、腸が捻じれたり重なったり、あるいは奥内のように倒れたりできなかった。それが尚更、ヤナザキと同じ結末を予感させた。

いくら食べても頬から肉が落ちるばかりだった。癌がありますように、と病気に救いを求めて自分の腹にエコーを当てたりもした。早期癌なら三日は休める。進行癌なら大手を振って十日は休めて、リンパ節転移があれば、抗がん剤を点滴する期間《クール》は、毎日数時間も休める。そんな期待も虚しく腹の中には何一つ異常は見つからなかった。

今や末期癌の患者さえ羨ましい。末期癌と宣告されるや、労働を免除され、ベッドの上で過ごせることがどれだけ幸せか。死の恐怖と向かい合う時間が与えられ、麻薬の作用によって、輪郭の曖昧な世界に包まれる安らぎがある。私はベッドに臥せて逝く病人たちを見下ろしながら、いつもそんなことを思った。

麻薬のシールを胸に貼って、潤んだ瞳で病室の窓から外を眺める姿に羨望と怒りしか湧きあがってこなかった。涙液の溢れかえった末期の患者を見つける度、私はカーテンを引いて白衣を脱ぎ、その患者を腹の底から睨みつけた。すると、黒目より一段濃いものが彼らの瞳の縁に流れだすが、その感情の輪郭もすぐに涙液で曖昧になり、宙ぶらりんになる。中にはその感情を頼りになんとか手を伸ばしてくる患者もあって、そんな時、私はその手首を押さえつけて凝視し続けた。温かく柔らかいベッドに横たわりながら逝けることがどれだけ贅沢なことか。私は心臓の最後の一鼓動まで背骨を立てて働き続け、そして、硬く冷えた病院の床で背骨を立てたまま座って死ぬ。それも、浴室の濡れた床かもしれない。

ヤナザキもきっと、弱さを振りかざして自分の命を搾取してくる妊婦と胎児たちに、憎悪と嫉妬を抱きながら彼女らを見守り、家では冷たいシャワーを浴び続けたに違いない。

レバーを回して、シャワーを止めた。脊髄はもう冷えきっていた。軋んで音を立てていた骨もとっくに静かになっている。動きを止めていないのは心臓だけだった。濡れた床には死者の顔がはっきりと見える。まだ黒髪が残った五十代らしき中年の女性、その死顔は安らかだ。医者に救いを求める患者たちの執着的な表情とは違って、死んでしまった者の表情はなんのこだわりもない。

私はこの女性の干からびた体に点滴を打ち、痛みには麻薬を貼って、あらゆる治療を施し、あの世へと送りだしてあげたのだろう。その安らかさに微笑みがこぼれると、その顔はふっと消えていき、また新たな顔が浮かびあがってくる。

死者の顔は、寝ずに働くこと六十時間を過ぎたあたりからだいたい出現した。彼らが見えるのは、私の体の中に十分な死が含まれているからに違いなかった。今はもう、死が実感される。概念としての死がとてつもない恐怖をもたらすのと比べて、実感としての死は味気ないほどなんの恐れも伴わなかった。死自体に何の重みもなく、疲弊しきって重たいこの身体のほうが、かつて想像した死そのものだった。本当の死は死につつある体の前で、どこまでも軽やかだった。

死におびえる者は無知な半人前だ。眠らずに在《あ》れば、死は自分から肉体へと移行する。肉体が死を含んでなお、何も感じない私はそう結論づけた。よって、死を絶対的なものとして捉える人間は信用してはならなかった。同じ理由で、毎晩眠りに落ちる人間も信用できなかった。

寝ずに働いてこそ。そう確信してから、しかし、自分の心臓はかえって力強く打ち、生きている患者が頭に浮かんでくる。

自分もまだまだ未熟だった。背骨を立てたまま死ぬには遠くおよばない。もっと働けるはずだった。働け、働け。自分より長生きする病人のために働き、自分より安らかな病人の苦しみを背負うのだ。

ドアにかけていたバスタオルに手を伸ばすと、全身がギシギシと音を立てた。タオルを体にかけて浴室にうずくまっていると、次第に硬直していた筋肉が震えを取り戻す。皮膚も厚みを減らしていき、タオルの温かさが伝わってくる。体を拭いてパーカーを被り、急いでベランダの戸を閉めた。ソファの布団に潜りこむと、先ほどまで異質に感じていた布団は柔らかく暖かかった。

七十二時間立て続けた背骨がゆるんでいき、意識も曖昧になっていく。なじみのある臭いがする。人が死んだ瞬間に放つ、あの蒼く湿った屍臭。それに包まれている。沈んでいく意識の中、天井が白んだ光を含みはじめる。ほのかで眩しさはなく、癒しを感じた。死にゆく人間には天井から涅槃《ねはん》が開けていくのか。もしそうなら、私は自宅のソファで横たわって終れる。過労死する者の中でもっとも恵まれた死に方だと思った。

白い光を見つめていると不穏な音が混じっていて、意識が徐々に呼び戻される。天井の白みは瞬いていて、それが呼び出し電話の光だと気がついた。

〈奥内〉

「急患や。三十八歳男、肝臓破裂してる」

喉にはもう何も詰まっていない声だったが、死体の喉のように掠《かす》れている。

「先に手術室入ってるからな」

電話が切れると、私の上半身が天に吊られていくように起きあがった。何の力みもなくゆるやかにソファから立ち上げられて、脚がガラス戸へ向かって歩いていく。すべてが自動だった。

ガラス戸を開けると、暗闇のなかで光が粒立ちはじめていた。七十三時間目の勤務の始まりだ。あと一時間ほどで太陽が昇る。眠ることなく四回目の太陽を見るのはこれが初めてになる。

繰り返すこと四回目の一日がどんな日になるか、私にはすでにわかっている。これからの二十四時間、助からずに死ぬ人間が私には事前にわかることだろう。自らの死をのみこんで生きることになった人間はみな預言者である。

7

渡り廊下をくぐって救急車が引きあげていくと、堰《せ》き止められていた寒風が建物の間を吹き抜ける。暦の上の寒明けが過ぎても、寒気は薄らぐ気配がなかった。

白衣の襟の隙間を凍てつく風が通り抜けていくが、背骨はもう冷やされたりはしなかった。胴体の中心で背骨がやむことなく燃え盛り、私を常に炙り続けている。寒さに肩をすぼめてドアへと駆けこむ看護師を尻目に、私は呼び出しを受けた救急室へ悠々と歩いた。

耳鳴りのように微かに聞こえていた高音は救急室のドアを開けると、悲鳴になって待合に響いた。若い女性が呻き声をあげながらベッドに横たわっている。

その右側に敷島と小谷が立って、アラームを鳴らすモニターを二人で見つめている。

「では、後は外科によろしくお願いします」

小谷は敷島に一言告げると、充血した瞳でこちらに目配せして救急室を出ていく。

女性の左腕には点滴、右腕には自動血圧計、胸元には心電図のコードが忍びこんでおり、モニターには黄色の波形が映しだされている。波形の隣で血圧２０７／１１２と赤い数字が点滅している。その数字と首筋に強く張りあがった血管を見て、疼痛《とうつう》の激しい疾患群を頭上に並べた。

「どこかの内臓に穴があいてる。おそらく、小腸か大腸だろう」

敷島はモニターから目を離さないまま呟いた。

「穿孔《せんこう》なら、そこまで引っ張れないですね」

女性が体をよじってから、短く高い悲鳴をあげる。割れた高音が救急室に響き、窓ガラスと診察机の舌圧子《ぜつあつし》がびぃんと震えた。スタッフ全員が一瞬止まり、またすぐに動きだす。

私は目を数回瞬かせ、こめかみに染みこんだ叫びを落とした。女性は痛みに顔を歪ませ、敷島の腹辺りをつかもうと左手を伸ばす。

敷島はその手首を抑えこみながら、

「残り半分追加」

麻薬性の鎮痛剤を注入していく。

「はい、残り半分を静脈から追加。合わせて1アンプル投与」

津久井は復唱しながら記録をとる。

まもなく空中を強くつかんでいた女性の左手が花のように柔らかく開き、同時に眉間と額に深く刻まれていた皺《しわ》が跡形なく消え、丸く張った狭いおでこが現れた。口唇の縦皺もなくなり、ぽてりとした唇になる。

知った顔に、カルテの名前欄を確認した。『上田　結花李』とあり、ゆかりが漢字だとはじめて知った。店の予約ボードで名前を見た時は「上田ゆかり」だったから、平仮名だと思いこんでいた。

「胃癌より、こっちが先ですか？」

「そうだ、今から緊急手術になる。予定の胃癌はその後に回す」

なんの驚きもなかった。いつの日か、ゆかりがこの病院に運ばれてきて、彼女の白い腹を切ることになると、私はわかっていたらしい。ゆかりもまた、すでに私の患者だったのだ。

「津久井、オペ出しの準備始めろ」

「急ぎます。公河先生、ちょっといい？　体の向き変えるから、手を貸してちょうだい」

ゆかりは緩んだ目元をし、黒々とした瞳は中空のどこかを見つめている。

「こっち向きね。一、二のぉ……、三」

ゆかりを横向きにすると、まとめた髪がうなじを通り過ぎる。四、五、……六番目。ゆかりの飛び出た背骨はやはり第六頸椎だった。

「これから麻酔科と、時間の調整する。きみかわ、そのあいだに術前検査のもれがないか、しらべとけ」

ＰＨＳを耳に当てながら敷島は救急室を出ていく。

「クロスってもうやってる？」

津久井に話しかけながら、カーテンの裏のデスクについてカルテを開いた。輸血用の血液が適合するかを調べるクロス検査も含めて、術前に必要な検査は小谷によってすべてオーダーされており、検査部から結果もあらかた返ってきていた。カーテンに遮られて、アラーム音が柔らかかった。

「クロスも心エコーも結果でてますよ」

津久井の声も穏やかに聞こえてくる。

「先生、オペ出し一緒に上がってくれる？」

「一緒に上がる」

「本当？　じゃあ、私しか看護師つきませんよ。あぁ、奥内先生。これから一件、緊急オペ入ります」

「なんの」

「穿孔です」

「どこに穴あいてんの」

「さぁ。おなか開けてみないとわからないって」

「ふぅん。この患者？　どこから運ばれてきたん？」

「ほんまち？　だったっけ。先生も、この手術に入るの？」

「いや、隣で別の手術」

「なに、先生。おかしな顔してる」

「おーい、きみかわぁ」

奥内の陽気な声がカーテンの背後から聞こえる。

「カーテン裏」

「あのさぁ、ヤナザキの、一周忌ってそろそろやっけ」

「はぁ？　まだまだや」

「納骨に一緒に行こうかなって」

「納骨？」

「そう、納骨」

「納骨は四十九日やろ」

「じゃあ、四十九日に行こうや」

「去年のうちに終わってる。そもそも遺族でもないのに」

「あぁ、そうか。納骨って家族だけですんのか」

「なんや、おまえ。周りで誰か死んだことないんか」

振り返ってカーテンを開くと、救急のドアがすとんと閉まった。呆れた呼吸を傍観するように、ドアの手前で病衣をまとったゆかりがこちらを向いて眠っていた。


ゆかりを乗せたベッドを引いて、津久井と廊下から裏手に回る。オペ搬入用のエレベーターはちょうど一階で止まっていた。エレベーターは横揺れしながら静かに昇っていく。

「この子、美人さんね。スタイルも良いし」

津久井はベッド柵に体重をもたせかけ、ゆかりの顔を眺める。横たわった体から、アルコールの匂いはしなかった。酔っていないゆかりははじめてだった。化粧っけのない肌はなんとなしにくたびれている。

「先生も、こんな子と付き合ってみたい？」

機嫌よさげに話す津久井を私は一瞥して、

「コンタクト」

一言つぶやいてから、またゆかりの半開きの目に視線を戻した。

「忘れてた」

津久井は手早くゆかりの両目からコンタクトを掬《すく》いあげた。瞼をこじ開けられてもゆかりは起きるわけでもなく、ただ開けっぱなしの目で眠っている。一回り小さくなって貧相になった瞳の縁が上下の瞼から離れて、頼る瀬もなく漂った。

「あやうく麻酔科に怒られるところね」

津久井は苦笑いし、酸素マスクにもつれたゆかりの後れ毛をそっと抜いた。

エレベーターのドアが開くと、真正面の二番の手術室に敷島の姿が見えた。モニターの画面にゆかりの画像を呼び出している。ベッドから手術台にゆかりを移すと、ゆかりの黒目に天井の光が丸く反射した。

平田が真っ白な麻酔薬を点滴に流すと、中空へ散らばっていたゆかりの焦点は収束しながら限りなく遠くへ昇り、瞳の中を黒々と流れていたものは奥深くへと滑り落ちていく。首がだらんと垂れ、顔から生気が抜けていく。

手術看護師らは病衣を脱がせてゆかりを全裸にすると、手足を広げ大の字にして、手首と足首を拘束帯で固定する。陰部から漏れた便と下りものを拭き取り、尿道に管を、肛門に体温計を挿しこむ。

立ちくらみの感覚がして、私は平衡を保つため視線をあげた。平田は次に注入する薬のアンプルを指で弾き、敷島は両手を組みながらモニターの画像に目を凝らしている。その傍で津久井がカルテを指でなぞり、引き継ぎしている。

手術台から離れて、モニターに近づいた。モニター画面には、ゆかりのＣＴ画像が表示されていた。腹の輪切りが白黒になって順番に並んでいる。

「穴は、小腸だろう」

敷島は独り言をもらしてから「手洗い行くぞ」とオペ室を出ていった。

すぐには後を追えず、少し離れた場所から横になっているゆかりを見返した。その頭側で平田は気管挿管の準備をはじめている。ゆかりのつんと尖がった顎先に平田は片手をかけて、顎をゆっくり引きあげる。顎全体が大きくのけぞると、首に白い竹のような節が立った。

「ねぇ、先生」

引き継ぎを終えた津久井が真横でゆかりを観察していた。目が合うや、頭をすり寄せてくる。

「先生みたいなタイプでも、派手な子が好きなのね。社保じゃなくて国保だから、きっと夜職よ。うちのまちに高級クラブなんてないし」

下を向かずに黙って無視すると決めたものの、ゆかりを真正面から見るわけでもない自分を、津久井が見つめているのがわかった。そのあいだにも、平田はゆかりの口を親指と人差し指で開け、喉頭鏡で舌を押しのけながら突っこみ、6・5Frの管を挿入していく。

「でも、先生。この子、豊胸じゃない？」

津久井は一文字に絞った口から声を抑えてささやいた。たしかに寝そべっても垂れない両胸は豊胸かもしれなかった。

それよりも私は腹の薄さが気にかかっていた。寝そべった腹は二十センチの厚みもなかった。夜の町でタフに働いているというのに腹は薄っぺらくて、大学生のように無責任で世間知らずなものだった。

出された料理はなんでも平らげていた、あの夜の腹とは思えなかった。肉や炭水化物をあまさず消化する胃腸、多量のアルコールを毎日代謝する肝臓、濁った血液を濾過して尿を作る腎臓。夜街と酔客の毒をのみこみ続ける内臓、そのすべてがあの薄っぺらな腹に入っているとは信じられなかった。

「ね？」

そう言い残してから、津久井は会釈しながらオペ室から去っていき、少し遅れて私も出た。手洗い場では敷島が太い腕に泡を立てていた。横に立って、ガシャン。シャワーペダルを強く踏みこむ。

「そこまで腹を切り開かなくても、すぐに見つかりそうですね」

両腕を濡らしてから、手で液状の石鹸を受ける。

「小腸以外の可能性もある。大きく腹を開ける」

そういうと、ガシャン。敷島はペダルを踏んで、シャワーに両腕を突っこんだ。

手洗いを終えてオペ室に戻ると、麻酔はかけ終わっていた。ゆかりの目にはテープが貼られ、口には管が挿入されていた。

手術着を纏い、手袋を着け、ゆかりを挟んで敷島と向かい合う。消毒液に浸かった綿球を臍から外へ螺旋《らせん》を描いて滑らしていく。乳房が鎖骨に向かって上に揺れた。青い手術布をかけると、顔と長方形に枠取られた腹だけが布から出た。

俯くと視界からゆかりの顔が切れて、いつもの景色になる。傷一つない腹は、中心に臍が窪んでいる以外になんの境目もなく、ただ一様に白くて眩暈が起こりそうだった。しかし、敷島が腹の上でメスを構えると、眩暈の予感は消え、手術の手順が整然と頭に降りてくる。

メスは下りて皮膚に入って、引っかかりなく進む。新雪の丘を滑っていくように滑らかで、しかし、その後に真っ赤な血が滲みでて、急いでガーゼを押しつけた。メスは縦長の臍をぎりぎりで迂回し、下腹部へと下っていく。

ジッパーで服が開いていくように皮膚は左右に分かれていく。皮下から黄色い脂肪が現れると、その眩さに私は目を細めた。微塵の塊すら形成しないほど、微細で均一な皮下脂肪だった。薄黄色の脂肪の滴が染みだして、無影灯の光を散乱している。

私は鉗子で裂けた皮膚を咬み、切開部が広がるよう左右へと引っ張った。メスは脂肪層を切り裂き、その奥の筋層を露出させる。メスが筋層を滑るたびに腹は裂けて広がり、菱形に開いていく。腹筋は正中で完全に切り分けられると、自動ドア並みにひとりでに開いて脂肪に埋もれた。

そこから、ゆかりは手際よく開かれていった。すべての筋肉を切り終えて腹膜まで到達すると、腹の中で漂う内臓の色が半透明の腹膜に透けて映った。

敷島が腹膜を切開し、私は鉗子で腹膜を挟んで広げた。腹は完全な菱形に開いた。中には乳白色の小腸が、折りたたまれた上等な散水ホースのように密に詰まっていた。小腸は全く穢れなく、表面の静脈の中を緑色の濃淡が滑らかに流れている。表面は腹水で濡れて、無影灯の光をより白くはねっ返した。

敷島はメスを置き、私は鉗子を外す。二人でゆかりの腹に開腹器をはめこみ、頃合いまで広げて、ネジを回して固定する。菱形に開いていた腹は六角形に開いた。手を放しても、ゆかりの腹はホイルの包み焼きみたいに開いたままになった。

「まわりからいくぞ」

敷島は上腹部をおおっている小腸を手に取る。二人で小腸を手繰って下腹部へと寄せていくと、下に埋もれていた胃が露わになる。胃はしぼんだ灰色の風船のように完全に縮こまっていて、胃壁には縦皺が細かく入っている。

「そのまま小腸、よせておけ」

そう言うと、敷島はつぶさに胃の観察をはじめる。表面をまんべんなく手で伸ばしては目を凝らしてから「穴はない」と頷き、手を胃の後ろへ突っこんだ。私はつるつると滑りあう小腸が逃げないように両手で抑えこみながら、露わになった内臓に目をやった。

胃の下からぶどうの房のような膵臓が一部はみ出て、胃に少し被さっている肝臓は燃え盛るような深紅色をしている。肝臓は腹水で濡れていて、そのスムースな表面は空気に晒されてもいまだ乾燥せず、艶《つや》やかだった。肋骨の影が落ちる肝臓の上縁などは、高級な絨毯のように紅色が深かった。

敷島が胃の奥から手を抜き、その肝臓に手を伸ばした。掌に肝臓をのせて静かに持ち上げると、自ずと肝臓の縁はめくれて、裏側についた小ぶりの胆嚢がたるんと揺れる。胆嚢にも穴一つなく、被膜から胆嚢管の一部がはみでて、らせんを描いているのが見てとれた。脾臓は奥に埋まっていて、大腸は健康的な薄紅色を放射し、ふこふこと柔らかくへこむ。横行結腸を持ち上げて目を凝らしても傷一つなかった。

敷島は隈なくチェックしては、

「損傷ない」

独り言を続けていく。

全ての内臓が理科室の模型通りの定位置に収まっていた。小ぶりだが充実していた。見覚えのある内臓。

きみくーん、こっち！

白い手が引っ張る先にはいつか食べに行く、赤と緑のネオンで輝く「セラマット・ジーワ」。ゆかりの手は小柄でも握力は強い。彼女に手を握られた時はいつでも、胴体を抱きしめられているように感じた。

「おいっ、公河」

敷島がモニターへと首を振った。つられて目をやると、血圧の波形が揺れながら上昇している。

「小腸を握るな。血圧あがってる」

はっと胸が息を吸いあげて、握りしめた手から力を抜く。両手から、ずるっと小腸が抜けだして、胃の上へと滑りこんでのっかった。

「進捗は？」

声に顔を上げると、

「穴は見つかった？　何時に終わりそう？」

手術着で両手を上げたまま、遠山が入ってくる。

「まだ開けたばかりで」

「あぁ、そう。こっちはもう終わる」

遠山は歩きながら手術台を大きく回って、

「三番に虫垂癌の手術入れるから。胃癌はこっちで」

一周して足を止めることなく手術室を出ていった。

敷島は「次、子宮」と下腹部に寄せていた小腸をつかんで、胃の上に引っ張りあげた。下腹部に小腸の多くが溜まっていて胃へ寄せても、その傍《そば》からずるずると落ちていく。敷島は片手で押さえながら、上へともう片方の手で掬いあげていく。私も小腸を押さえながら、下腹部から小腸を引きずりだす。

根気よく小腸を上腹部に集めていっても、下腹部の奥から小腸が湧いてでて、子宮はなかなか見えない。薄っぺらかった腹は、開けると深かった。手首が埋まるほど、手を小腸の塊に突っこんでは胃まで掬いあげた。

小腸を全て掻きだすと、下腹部の一番奥に拳より少し大きな子宮がたたずんでいた。

「公河、子宮持ちあげろ」

薔薇色をした子宮の下に私は右手を突っこんだ。丸々とした子宮は重く、手が子宮と骨盤に挟まれて締めつけられる。手袋越しに水気を感じて、手から力が抜けた。子宮の裏が温かく濡れている。不意に私の下腹部にとぐろを巻くような感覚が生まれた。耳が幼児のように熱くなって、下腹部が充血していくのが感じられる。

「持ちあがらないか?」

腕に力をこめると、子宮はその重みのまま持ちあがる。ずしんとした重みにふと、ゆかりは子供を産んだことがあるだろうかと疑問が浮かんだ。子供を堕ろしたことはあるのだろうかとも思った。

子宮を持ちあげたところで、そんなことは当然わからず、ただ掌にのしかかってくる子宮の分厚い筋肉の重みばかりが感じられる。

「どこか癒着してるか」

「いえ、癒着してません」

私は子宮に隠された右手の中指と薬指を曲げ、密かに子宮を指先で撫でた。子宮は内側に少したわみながらも、指先を埋もれさすことなく、つんっと押し返してくる。

「腹水、溜まってるか」

「溜まってますが、少量だけです」

子宮の力強さに、指をさらに奥へと伸ばす。指先に感じていた弾くような重みが柔らかく受け入れるものにかわる。そこは膣壁だった。指は染みこむように、柔らかい膣壁にめりこんでいく。中指と薬指で押しこむと、ちゅくちゅくとした秘密の感覚が指先に伝わってくる。顔を起こしてモニターを見た。表示される血圧や脈拍に何の変化も起こっていなかった。数秒の間、呆然として、ようやく高鳴っているのは自分の心臓なのだと我に返った。

「血は混じってるか？　吸引器くれ」

敷島は子宮の裏側に吸引器を突っこみ、がらがらと吸っていく。

「血は、混じってないな」

吸引チューブに無色透明の腹水が少量だけ引けていった。私は頷きながら、手を子宮から抜いた。

「穴は小腸か」

敷島は両手で小腸を十センチほど引きあげた。両手で揉んでは内部に腫瘍がないか、目を細めては表面に傷口がないか、敷島は確認していく。私は小腸を掬っては敷島に送っていった。シミ一つない小腸が続いた。どれも同じように白く、くすみすらない。

すぐに小腸の全てを見終えた。普段なら一回で穿孔部位がわかるというのに、ゆかりの小腸のどこにも穴が見つからない。敷島は顔を腹に落とすように近づけて、小腸と大腸の繋ぎ目を注意深く触りだす。

私は手元の小腸に視線を落とした。ゆかりの乳白色の小腸はあまりに綺麗だった。今までの患者は腹を開いた瞬間に汚れが目についたものだが、この小腸には酸化した血も漏れでた腸液も、まったく付着していない。穴のあいた小腸はいつも、どこか汚かった。

「モニター、こっちにくれ」

敷島は小腸を手放し、顔を上げる。看護師がモニターを敷島の左後ろに移動させた。

「画像進めて。違う、逆」

画像が一枚表示されては入れ替わっていく。

本当に穿孔しているのだろうか。そんな疑問が不安とともに込みあげた。ただの腹痛でも、のたうちまわる患者が過去にいくらでもいた。若い患者なら、なお多かった。そんな時は薬を一本打ち、点滴を繋いで一時間おいておくだけで治った。

「そこで止めて。拡大して」

十枚ほど切り替わったところで敷島は一枚の画像を凝視しはじめる。ゆかりを挟んで一メートル先にある、そのモノクロの画像は潰れたクワガタに見えてくる。

もし、穿孔していないのに腹を切って開けてしまったのなら、そんな時、腹を切り裂いた医者はいったいどうすればいいのか。

胃液がマグマのように熱く煮立ってきて、腹が灼けてくる。そこから胸のまんなかへ向けて、粘膜の焼けつく感覚が這いあがってきた。

手術の前に見たCT画像ではたしかに、どこかから漏れでた空気の粒が腹の中にあった。ビーズのようなそれはわずか数粒だったが、どこかの内臓に穴が開いている確実な証拠だった。

不気味なCT画像から目を逸らして俯き、本当に穿孔してる？　とたずねるように両手の中の小腸を親指で撫でた。表面の細い静脈の中を青緑色の血が音も立てず流れている。返事もせず、血はただせわしく通過していく。

みな自分の内臓を見たり触ったりすることはできないのだな、と私はそっと親指を小腸の静脈の上に置いた。みるみる血が行き止まり、親指の近くから青緑色を濃くする。血管の表面が張って、ぷくりと盛り上がっていく。充分に溜まったのを見計らい、親指をすっと上げた。すると勢いよく流れていき、静脈はすぐにその青緑色を淡くしていった。

可愛らしい静脈の挙動に気分が安らいだ瞬間、右手の上の小腸がグンニャリ小さく波を打った。私はくすぐったさに腹を揺らした。すかさず、十本指でごにょごにょと小腸をくすぐり返す。数秒もしないうち、右手から左手までの小腸が大きく波打った。

そこから連続して大きな蠕動が起こった。何度も波打ち、波打ちかたも力強さを増していく。そして、とうとう尺取り虫のように掌の上を這いだした。つかみどころなく、強く握りしめるわけにもいかず、たまらず手を腹に落として小腸を手放した。

マスクの下で笑いを堪えながら、腹の中を眺める。腹腔内に詰まった小腸全体がもぞもぞと体を擦りつけ合い、グニャグニャとくねる。小腸の隙間から時おり見える胃も、くにゃくにゃと動き、肝臓は血を溜めて深紅色を濃くしていく。小腸に覆われた他の内臓も底から一部を突きあげ、一部をへこませて白い天蓋を揺らす。

どこからか夜のほんまちの匂いがした。

あぁ……そうか。

きっとあの晩、ゆかりは腹の中でこんな風にくねる小腸に、腹を揺すって大笑いしていたのだ。血で色合いが濃くなった肝臓からは、いかにもゆかりの気の短さが感じられる。手術室に漂うほんまちの匂いはゆかりの内臓から立ちのぼっていた。

なるほど、あのまちの穏やかかな活気は、彼らの気ままで活発な内臓から生じていたのだ。私の背骨が右に左に揺れ、勝手にふらふらとたゆたう。内臓が熱を帯び、クスクスともれる私の吐息が熱い。頭から手術の手順が薄れていく。あぁ。私もまた酔っぱらっている。

キュル キュルル キュルルルル ギュッ ンギュッ ギュギュギュ コポッ コポコポ コポポポポッ コッポンッポンッ コッポン ポンッ シューーーーシューーーーー ギリィギリィギリィ ジンジンジンジンジンジンジンジン ドングッ ドングッ ドングッ ドングッ シューコー シューコー ムラムラムラムラ モヤモヤモヤモヤ ボワワワワ シャーー シャーー チャポチャポ チャッポポポン ポツポツ ポトッポトッ ポット ポトッ ボトッ ドボボボッ ドボボボボ

私の心臓が内側から肋骨を叩き、その周りで肺がふいごのように勢いよく膨らんでは縮む。腹の中で内臓が自由に蠢《うごめ》き、腹音を鳴らし、尿意を催す。

私にも内臓がある、ということを私はひさしぶりに実感した。圧迫されて平らだった胸は心臓と肺にほぐされて膨らみを取り戻していく。小腸の笑う様につられて肋骨が横ずれする。膀胱が膨れて、尿意が止まらない。生きている実感が腹から口に込みあがると、マスクの中で舌が飛びでて、べろべろと動いた。

視界にゆかりのくだけた顔が差しこんでくる。背骨の髄が伸びていく心地がする。解放されていく感触と同時に、背骨の隙間から堰を切って悪寒がなだれだし、そのすぐ後ろを熱が追っていく。全身に熱が溢れていった。膨れあがる体熱に毛穴から細かな汗粒が押しだされて、脇からは滴が垂れる。私は熱発《ねっぱつ》していた。今までにない高熱だった。

ゆかりの内臓はますます活発に動きだす。開いた腹から盛りあがるほど小腸が一段と大きくくねると、キュルルと蠕動音《ぜんどうおん》がはっきりと聞こえた。その音に敷島が感づいて、モニターから振り返り、蠢くゆかりの内臓に視線を落とした。

「平田先生」

敷島が低い声で呟くと、平田が麻酔台から顔を起こした。

「内臓、動いてます。鎮痙薬《ちんけいやく》、追加でお願いします」

敷島の指摘に平田は意外そうな顔つきをする。イスから立ちあがって、つま先立ちで腹の中をのぞきこむと、

「若いねぇ」

と嬉しそうに返す。平田は麻酔台から小ぶりの注射器を手に取って、点滴の側管から薬を注入

した。すぐに小腸は潮が引くように弱々しくなって、ついにまったく動かなくなった。しかし、私の腹の中では依然として内臓が動き続けていた。

「もう一回、小腸いくぞ」

敷島はゆかりの腹の中に手を突っこみ、小腸を手に取る。一つの直感が浮かんで、気がつけば声が発せられていた。

「ねぇ、せんせぇ。本当に穿孔してる？　んでしょうか。これって、違う人の画像じゃない？ですか」

腹が、内臓が、喋っていた。普段着の人々はいつもこういう風に声を出していたのだ。敷島が顔を上げると、無影灯の光が斜めに射し、顔面におかしな影が生まれる。視線が合うが、敷島は焦点の位置を見ていない。私の前髪の生え際がその視線にアレルギーを起こし、鳥肌を立てた。

「本人のもので間違いない。公河、おまえ、手術前に画像の名前を確認してないのか」

「ごめん。なさい」

敷島は俯き、ふたたびゆかりの小腸をぐにぐにと手繰りはじめる。私は下腹部に捻じれと引きつれを感じた。どうして、そんな触り方しかできないのだろうと思った。

腹に差しこむ鋭い痛みに耐えているうち、胴体を巡っていた熱が首もとへと流れこみ、首筋をせりあがっていく。熱が首筋から後頭部、そして頭頂部に至ると、頭皮から細かな汗が噴きだした。

高熱で頭がぼやけると、眠気が懐かしく降りてくる。ひさしぶりの眠気は涙液のように、固まった眼球をほぐしていく。すぐに目がぼやけてきて、じんわりとする。

仮眠だけでやり繰りする生活だった。最後にしっかりと眠ったのはいつだろうか。数週間前か、それとも一か月以上前かもしれない。最後にはっきりと眠気を感じたのはもっと前だ。

眠気は大量の湿気を含んだモンスーンのように全身を包んで、干からびて過敏になっていた神経を湿らせていく。神経はしんなりと弛《ゆる》んでいき、体全体が甘ったるく脱力していった。強烈な眠気に、目を開いていても眠りに落ち、私が欠落していく。呼吸も深くに落ちて、人工呼吸器でも取りつけられたように、シューコーシューコーと自動的に呼吸が繰り返される。

私は手術をしている夢を見ているのだろうか、それとも眠っている私を何かが動かしているのだろうか。何らかの実感を頼りに探ろうとしても、確かなのは全身に溢れるこの甘やかな眠気だけで、その他は眠りに埋没して捉えようがない。

一方で、私がつつがなく手術を進行している。では手術している私を見下ろしている私は一体なんなのか。手術する私はこの後、ゆかりのどこから出血するかが、すでにわかっている。無駄のない所作で、出血が起こる前から手が動いていて、ガーゼで押さえこむ。

「電気メス」

汗じみのようにガーゼを湿らす血液に、敷島は電気メスを手に取った。私が手をどけると、小腸からわずかに漏れる出血に電気メスを当てた。

ピーッという作動音の後に、メスの先端でバチバチと火花が散る。小腸の脂肪がジジジと焼けこげ、真っ白な蒸気が立ち騰《あ》がってくる。蒸気を顔面で受けると、ホルモンの焼けた匂いがした。

ピー、バチバチ。

電気メスで焼くたびに蒸気は立ち、マスクの中に匂いが籠る。

「電圧下げて。火花あがってる」

敷島の声がする。焼け焦げた脂肪の匂いが鼻腔に充満していく。

キュルキュルキル　キュルキルキュル
焼け焦げたゆかりの、甘く芳ばしいホルモンの匂いに私の無知な腹が鳴った。

普段着で通りを歩く酔客。ほんまちの穏やかな喧騒。首元から突き出て、左右に揺れる第六頸椎。タクシーの後部座席で開いた窓。おやすみぃ。

高熱と眠気がますます溢れでる。くらくらとしたはずみで、オペ台の下に吊り下げられた尿バッグに目が止まった。ゆかりの尿が管からシャーとバッグに落ちていく。そこにはきちんと数時間分の尿が溜まっている。

その奥の床がチカチカと眩い。吻合器を失くしたのは隣の手術室でここではない。しかし、床を這う数本の太い電源コード、それらを束ねる金属クリップが無影灯の光を反射するたび、失くした吻合器のように見えてしかたがない。

「公河」

くぐもった声がして視線を腹に戻すと、敷島は小腸を容赦なく捻じ曲げている。ナイフを刺されたような痛みが腹に走った。思わず目の焦点を遠くに飛ばそうとした時、「小さいな」敷島の低い声色に焦点が合った。

白い小腸の真ん中にごくわずかな黒い窪み。穴だった。ピンホールほどの極小のもので皺の谷間にあり、適度にたわませないと見えない。

事の終わりをもたらす息が腹へと降りようとした時、

「縫合じゃあだめだな。部分切除しろ」

敷島はそう言って張り詰めていた集中を解いた。私の首が自然に横に振れ、拒否をした。いつからか身体がオペ台から拳一つ分だけ後ずさっていた。

敷島は無影灯の位置を調節し、穴の開いた小腸に光を集める。手術手袋を着けた私の両手はゆかりの脂肪と腹水にまみれて、てらてらと光を反射する。

生まれてから一度も開かれたことのない腹。この内臓は今まで光を直接浴びたことがなかったと気がついて、彼女の内臓に初めて影を落とした人間になりたいと思った。私の願望通りに私の手は動き、腹の上にかざされたが、無影灯はやはり影を作らなかった。

「先生、何番のメスにしますか」

「円刃《えんじん》の。いや、尖刃。尖刃の、十一番」

手術している方の私がたしかにそう答えた。私の体がゆかりに寄って、上半身が術野へと乗りだした。無影灯の光を避けるように首が俯くと、私の顔の表面に大小の険が生まれていく。私の右手が差し出されると、看護師はその右手にメスの持ち手を打ちつけるように手渡した。

手にメスが収まると、確かな金属の重みでほんの少し右手が下がった。人差し指が刃の背に添えられると、冷えた絹のように滑らかな感触が手袋を素通りして入ってくる。そして、その後ろを銀の渋みが遅れて伝わり、手に染みて全身に悪寒が起こる。

「切除します」

私の声が私にまで響きあがってくる。小腸にメスの刃を押し当てるものの、弾力的な感触ばかりが伝わってきて小腸はいっこうに切れない。押し当てるほどに、抵抗的な肉感が刃の背に沿わせた指を押しかえす。その肉感が指に染みこんだままの銀の渋みと反応し、じゅわじゅわと音を立てて酸化し、指に微熱を宿す。手はいつからか赤子のように丸まって、メスをうまく握れていない。

穴の開いた小腸は切りとらねばならない。それは絶対だ。何一つ間違っていないというのに腕に力がこもらない。胸も踏まれたように重い。どうして肺はこうも圧迫されるのか。

私を見つめる私がますます天井へと上がっていく。体の感覚がさらに薄れるかわりに、耳鳴りのような音が聞こえてくる。それは聞き覚えがある、誰かの声のような気がした。どうしても力がこもらない腕を諦めて、その音に耳を傾けた。すると、腕に筋が立つことなく、メスが自ずと引かれていった。

メスの後を追うように小腸に線が生まれ、そこから二つに切り開かれていく。その瞬間、指に宿った酸化熱が燻《くすぶ》りながら腕を遡《さかのぼ》ってきた。肘から肩、肩から首元まで遡ったところで、背骨から漏れる熱と違和なく混じり合う。二つは全く同じものだった。

許されてない？

口を衝《つ》いて囁きがこぼれると、手術着の中の身体が勝手に身震いし、マスクの中で自分の口臭がにおった。

するると、天井から声が聞こえてくる。

命を救うためでもね——

ゆかりの声だった。あぁ。やはり、彼女もまた眠りながら起きている。少し前からそんな気がしていた。ならば、私も眠りながら起きている。だから、眠っている者の声が聞こえるのだ。人工呼吸器から香辛料と煙草の匂いが漂ってくる。

天井から、ゆかりの声の他に、誰ともつかぬ多くの声が聞こえてくる。この五年間で、私がこの手術台の上で切ってきた数千の人間たちの声だと思った。ゆかりが特別なのではない。覚醒と睡眠の狭間に陥った患者はみな手術中に起きていたのだ。

麻酔で眠らせても人は起きている。眠った私が手術している私を見下ろしているように、彼女もまた手術台で寝ている自分を天井から見つめている。腹を切られ、内臓をまさぐられる自分を見つめている。目が覚めると忘れてしまうだけだ。どんなに麻酔が深かろうと死にはほど遠い。

数多《あまた》の声の中に、一段と低い声が耳についた。聞き覚えのあるものだった。剛田の声のように思った。声が低いながらも澄んでいるのは、ごつごつした肝臓と水浸しの肺が抜かれて自由になったからだ。それならば、これらの声は看取ったがいまだに弔えていない私の患者の、私の目の前で死んでいった人間たちの、死者たちの声なのだろうか。

いや、待て。もしそうならば。死すら、もし死んでいる自分を上から眺めるものであるならば、命は思っているほど——

声は数を増やし、次々と集まっていく。うねりながら重なり、大きく膨らみ、私に問いかける。

麻酔で眠らせようが――

麻薬で無痛にしようが――

私の腹が小腸を絞った。金切り声に近い、悲鳴のような腹音を鳴らす。腹が灼けるように熱かった。

人を切ることは許されていない――

その声は何の抵抗もなく、すっと奥へと沁みていった。誰かがとうとう納得したように微笑んでいる。私は手術している私を見下ろした。目に薄い涙を浮かべながら手術している私の、その口元はマスクで隠されていて、よく見えない。

社会が許可しようとも、患者に頼まれようとも、命を救うためでも、人を切ること自体に微かな罪がある。私の背骨をしとしと燃やし続けていた熱はそれだった。

医師免許証。あのB４の紙っぺらが免除してくれるのは、人を切る罪の社会的な部分だけか。今までこの手術台の上で切った数千人分の微かな罪が、人間としての罪が、この背骨に堆《うずたか》く積まれている。

私が病気になれないのは、私が死ぬまで働かなくてはならないのは、私のメスの持ち方が間違っていたからだった。初代院長のように祈りによって、自分ではないものの力で人間を切らなければならなかった。自分の腕の力で切る限り、罪から逃れられない。あるいは、切っている自分を真下に見つけださない限り、医者はみな罪人である。

これが自分の思考なのか、誰かの声なのか、わからない。しかし、どちらであっても事実なのだから、誰のものでも同じだ。

次第に数々の声が重なって、さざ波のような騒めきになる。真っ二つに破かれた医師免許証がふいに浮かんだ。その映像は数か月前に、私が逃げられない労働によって怒り狂って、自室で破いた記憶のようにも感じ、同時に今の罪の確信から、この後に私によって破り捨てられる未来の出来事にも思えた。どちらも正しいと感じた。私が今眠りながら起きていて、起きながら眠っているのだから、医師免許証もまた過去に破られ、かつ、この後に初めて破られる。どちらも同時に起こることになる。

重なり合う無数の声に最後の一声が加わると、重層的に響いていた声々は一つの単音に収束した。その単音が私の頭蓋全体に降りてきて共振をはじめた。音はうねりながら音階を下げて、背骨を下っていく。頸椎一番、二番、三番……。その単音は背骨の一つ一つに宿っては、同じ周波数で揺れるまでとどまり続ける。すぐに共振するものもあれば、簡単には振動しない背骨もある。胸椎十一番、十二番、腰椎一番、二番。単音は背骨をほぐしながら腰へと下っていき、その場その場で高熱を放っては内臓を温めていく。

腰椎から仙骨へ下り、そして、尾骨の先に単音が到達すると、全身がその単音に包まれた。そのころには過労による体の失調と命に対する疑問は振動にほぐされ、そのなかに溶けてなくなっていた。

しかし、私は、そこには含まれていなかった。それは私が眠りに落ちることでようやく始まったものだからだ。私はただそれを観察し、理解しているだけだった。私を含まない時点でその振動は部分的で分裂的だが、それゆえに十全性を発揮しているようにも思われた。内臓は今までになく活動的だった。つまり、私は必要とされていなかった。内臓に見放されたのだ。私はそれが悲しかった。

「ガーゼ」

敷島は小腸から滲みだす血にガーゼを当てる。私の指がますます燻り、熱は爪にまで染みこんでいる。手が輪郭をゆらめかせながら、しとしとと燃えている。術野を見下ろしていた私の顔が俯瞰《ふかん》するように起きあがり、無影灯の光が顔に差しこんだ。しかし、瞼は瞬き一つ起こさなかった。

光の真円が無限に重なった堆積として私を包みこみ、ただ放射される光の無音だけが聞こえてきた。私は光にのみこまれていくその姿を見つめた。

手術室のなかで、それ以外の全ての人間が黒々と燃えていた。薄い輪郭が黒く流れながら揮発している。敷島は一際分厚い輪郭に押しつぶされて塑像になって直立していた。この男はこのまま働き続け、いずれ立派な銅像になる。

ますます浮きあがっていくなかで俯くと、たしかに自分の真下では、外科医・公河が小腸を部分切除している。ただ、その光景の奥に見えるのはヤナザキの後ろ姿だ。

彼女は処置室で背筋を真っ直ぐにして、若い女性の膣にクスコをはめこむ。クスコから子宮口をのぞきこみ、そのなかに堕胎器具を挿入し、子宮粘膜から胎児を掻きだしはじめる。ヤナザキが目の焦点をどこに逃がしても、彼女の手に忍び寄り、染みこんでくる避けられない感触、ざらついた銀の渋み、燻る酸化熱。

彼女もまた黒く燃えて、痩せた鳥のようにあばらの浮いた蒼黒い体を業火に炙られている。彼女は数百という胎児を掻きだし、同じ数の水子を生みだした罪で、黒く押しつぶされていったのだ。

きっとあの晩、ヤナザキは冷たいシャワーに体を打たせ、震えが硬直にかわってもなお浴び続けた。それでも背骨の熱は収まらず、心臓が止まるまで浴び続けた。今まで彼女が子宮から掻き出した無数の胎児らは、母とヤナザキの祈りで羽のように発達した肩甲骨を持つ水子となって、ヤナザキの手を上へ上へと引いていく。

導かれるままに、ヤナザキは凍える流水で内臓の温度を完全に奪い、痩せほそった体から抜け出ていったのだ。

そんな考えがよぎっても私はもう驚くことができなかった。驚いて縮みあがる心臓も、ハッと息を吸いこむ肺からも見捨てられたのだから、もう感情は私のものではない。私の心臓は心電図を追いかけるままに規則正しく鼓動を打ち、肺は人工呼吸器の設定のまま収縮している。

なんにせよ、ヤナザキは救われた。彼女はあの日とうとう赦《ゆる》されて、引きあげられたのだ。病院の天井よりももっと高い場所に。

もし、そうならば――

私に救いあれ――

何よりも誰よりもそうあるべきだった。全てを捧げて多くの人間を救ってきたのだ。毎晩眠りを貪《むさぼ》る患者よりも、まず私が救われるべきだった。

しかし、私には何も降りてこない。私は祈ろうとしたが、祈りは始まらなかった。神か仏かキリストか、何に祈ればいいかわからない。習慣的な祈りをもたない者には何も降りてこない。何より、私は内臓に見捨てられたのだ。内臓がなければ、感情的にも本能的にも祈れない。私は早々に諦めた。何を待てばいいのかわからなかったが、待つしかなかった。はたして、私を引きあげてくれるのは一体なんなのだろうか。

切り取った小腸の一部が膿盆に置かれると、敷島はメスでそれを縦に切って開いた。小腸には腫瘍も潰瘍もなく、穴は特発性だった。

敷島は小腸を繋ぎ合わせると、開腹器のネジを緩めた。開腹器を取り去ると、腹は勝手に半分ほどに閉じていく。敷島は鉗子で肉を引っ張りだし、針を肉の深くにかけた。両手で糸を緊く結わえると、両側から肉が歩みより、真ん中で合わさって腹が閉じた。

手術が終わり、縫合部の消毒を始める頃には、熱はすっかり引いていた。手術着の中は空っぽのような心地がした。手術着にまとわれていない頭と手、それ以外の体の存在が虚ろだった。

「点滴もう一本たしておいて」

敷島は手術ガウンの胸元を両手でひっぱり、真っ二つに破いた。そして、それを丸く包《くる》めて、医療廃棄物の回収箱に押しこんだ。

私は縫合部にガーゼを当ててテープでとめた。そこから、もうこの手術室でやることはないと、纏っていた手術着を破いて回収箱に投げ入れた。

手術着を脱いでもその中に体はあった。汗は引き、皮膚は乾いている。腹が膨れては縮んで、私の喉から息が出たり入ったりしている。俯いて、ゆかりの腹を見た。縫合された傷が白い腹をくねりながら走っていて、大きなムカデに見えた。

「いち、にぃーのっ、さん」

看護師たちにゆかりはベッド上で転がされ、病衣で包まれると腹は見えなくなった。看護師に押されて、ベッドが手術室を出て行く。その後ろを私は歩いていった。

手術室を出てすぐのホールに病棟の看護師が一人、病棟のカルテを脇に抱えて待っていた。

「点滴はこの二本で、こっちの側管についた痛み止めは流しっぱなしでお願いします」

看護師らがゆかりの引き継ぎを始める。

「敷島先生、職場の上司とご友人の女性が家族控室でお待ちです」

「このまま説明に行く。公河、ベッドＩＣＵに入れておけ」

「はい」

引き継ぎを待っていると、隣の手術室のドアが閉まっているのに気がついた。奥内の手術はまだ終わっていない。輸血を抱えた外回りの看護師がそのドアを静かに開けていた。

「次の手術はじまった？」

「いえ、まだ終わってないです。出血が止まらなくて」

数単位の輸血を抱えた看護師はドアのわずかな隙間をすり抜けていった。視線を感じて振り返ると、ゆかりがうっすらと目を開けている。黒目で溢れた瞳はぼんやりとしていても、もう誰が切って、誰が縫ったのかを知っていた。

湿った視線に震えが起こってホールを去った。天井からカチャカチャと手術器具を動かす音が聞こえる。体全体から血の気が引いて、頭に血が溜まっていく。脳が鼓動を打ち、ごぉんごぉんと視界が鳴っていく。鼓動は徐々に大きくなり、今にも視界が破裂しそうだった。

非常階段をあがって入院病棟へ着く頃には、視界のナースステーションは白くかすんでいた。ぼやけていく景色の中で、薬剤保管室に入っていく。壁際に寄せられた赤色の救急カートに腰をぶつけてよろめいた。足からも力が抜けてきて、すぐにも歩けなくなりそうだった。

薬剤棚から透明の小棚を引いてオレンジ色の錠剤を取りだし、数錠まとめて口に放りこんだ。ガリガリと嚙み砕いていくと、薬の苦味はすぐにえぐ味に変わる。砂粒ほどになる頃には、ひりひりとした刺激を舌に覚えた。

救急カートの上に置かれた自動血圧計をひったくって床にへたりこんだ。腕帯に肘まで通して、スタートボタンを押しこむ。空気が入っていき、腕帯が膨らんでいく。腕の感覚はすでになかったが、血圧計には２４５／１４６と表示された。

鼓動が前後に揺れていて、自分もますます前後に揺れている。ゆりかごに揺られているようで重力を感じない。死の、間際にあって快感が来た。しかし、体に巡るばかりで私には届いてこなかった。別にかまわなかった。生体の反応としての快感を待っているわけではなかった。私が待っているのはおそらく祝福のような、あの単音だった。

大丈夫。私は遺体を切っていない。健全な虫垂も切っていない。健康な胎児ももちろん掻きだしていない。私が切ったのは癌や腐った内臓だけだ。だから、大丈夫。死んでもきっと大丈夫。

固まっていた背筋が弛んで安らいでいく。今はどの患者の顔も浮かんでこなかった。とうとう死ぬことが許されたのだと思った。脳血管が頭を叩く音に合わせて体は重く床に沈んでいくが、かえって自分は解放されていく心地がした。

「せんせ」

ゆかりを救って死んだというのに、ゆかりが迎えにくるのは不可解だった。それとも、彼女も死んでしまったのだろうか。

「先生、大丈夫?」

肉の揺れを伴った、その粗雑な声におやっと思った。腕が締めつけられていく感覚に意識がはっきりとしてくる。

「上が153で、下が105ね」

病棟看護師はそう言うと、腕から手際よく血圧計を抜き取っていく。

「薬、ききました?」

少しの間、意識を失っていたようだった。

「もし胃癌の手術早めに終わったら、点滴の更新お願いします」

脳の鼓動は治まっている。

「はい、もう一錠」

目を開いて、錠剤を受けとった。視界は膨張から一転してしぼんでいく。

「これ、余剰分だから返さなくていいですよ。奥内先生なんかね、手術前に抗不安剤とってくの。無影灯が眩しくて辛いんだって」

首をゆっくりと回しても景色は安定している。この降圧剤を朝夕一錠ずつ飲めば、これからも同じ生活が続く。まだ働けると思った。足に力をこめると、なんなく立ちあがれた。

手術室に戻ると、看護師達がリラックスした様子で話しながら、片付けと次への準備を始めていた。ボードに書かれていた「小腸部分切除術」は「胃癌全摘手術」に書き換えられている。

「先生、患者の入室までですよ」

「わかってる」

私は病理伝票に自分の名前を書きこんで白衣のポケットにねじこみ、小腸が入った膿盆を手に取った。

「あぁ、病理、こっちで出しておきますよ」

「いい。自分で持っていく」

オペ室を出て、非常階段に入った。静寂に自分の心音が耳を衝く。腹に力をこめて鎮めようとすると、かえって息は上がり、抑えようとするほど、なお心臓は強く胸を打ちだす。

ドッドン　ドッシュー　ドッドッ　ドッシュー　ドドドドッ　ドッ　ドッ　ドンッドドッ　ドッ　ドッ
ドドドッ　ドンッ　ドドンッ　シュードッ　シュードッドッ　シュードッ　シュードッ　シュードッド

心臓で血液の逆流が起こっていた。脈のリズムも明らかに不整で、片脚をひきずったようなぎこちないリズムで動いている。こんな不整脈に効きそうな薬の名前がいくつか浮かぶ。薬剤保管室に戻ろうかと思ったが、私は引き返さなかった。

やはり、どうやっても死ぬのだと諦めたこともある。もはや、患者が死のうが自分が死のうがどうでもよい。命が一体なんだというのか。

ただ引き返さなかったのは、自由になりつつある、という感覚が生まれていたからだった。私はその感覚に委《ゆだ》ねようと思った。

階段の中ほどで立ち止まっても、炎を囲んで人々が片脚を上げながら踊り狂うような、奇妙で独特なリズムで心臓が胸のあばら骨を内から叩く。心臓の右脚は鈍く重たく、左脚は浮いて軽かった。

やがて心音は私から独立し、不整なリズムで歩み続けていく。心臓死が紛れもない死の証だとしても、その心臓自体がもうこの体にないなら、それがどこかで動き続けていようが死んでいるのと同じだ。取り戻そうとは思わなかった。ただ、その後ろを追いかけるように階段を下っていった。空漠に感じる胴体は自動で進んで、行き先を見つけていく。それは階段を下ってから廊下へと出ていく。

同じリズムで機械音を立てる検査部を通り過ぎ、隣のトイレに入った。なかには誰もいない。一番奥の個室に入ってから、その場で手元の膿盆をのぞきこんだ。膿盆には小腸の一部がガーゼの隅からはみ出している。湿ったガーゼを捲ると、割《かつ》が入って長方形に開いた数センチの小腸が露わになった。真ん中に小さな穴があった。素手で触れると小腸は生温かかった。

小腸を目の前までつまみあげた。穴から向こう側をのぞくと、腹が鳴った。口に含むと、顎が勝手に動いて唾液が滲みでる。唾液にまみれるや、小腸はするりと喉を滑って落ちていった。通っている場所が伝わってきた。小腸は背骨の感触を確かめるように、背骨の前側をひとつずつ撫でながら通っていき、腹の底まで落ちていく。

背骨の末端の、尾骨の尖った先端をなぞられる感触がすると、その先端から何かが込みあげてきた。そのこみあげと同時に尾骨の先端が大きく揺れると、背骨の一つ一つが波打って、私が上へと突きあげられる。体の中を逆流する音が鼓膜を内側から直接震わせて、耳元で決壊した。手術台の上で生きたまま裂かれた無数の腹が目の前で湧きあがっては弾けていく。上から頭を押さえつけられ、頭が便器に向かって何回も深々と垂れる。その度に、弁当一つ分ほどが喉から吐きだされた。

ごめんなぁ、ごめんなぁ
体の内側から聞こえてくる声は患者を切った私の声か、それとも、私に体を切らせた患者の声か。

全身に食べ物が詰まっているかのように際限なく嘔吐が続く。背骨が波打つたびに吐き出され、口から筒状になって便器に落ちる吐物は背骨の中身に見え、喉から脊髄を丸ごと吐きだしている心地がする。

吐きこぼす量が徐々に減ると、かわりに涙がぽつっぽつっと落とす量を増やしていった。感情を伴わない涙は点滴のようだった。自分の体が萎んでいくのがわかった。私は太ってなどいなかった。いろんなものが体中に詰まっているだけだった。

目から液体が出切ると、便器内の大量の吐物に焦点が合いはじめる。便器は肉片、黒豆、粥状の米など多種の食物残渣で溢れていた。原形を留めたものばかりで、ほとんど消化されていなかった。一日の内、わずかな時間しか消化が行われていなかったのだろう。私の胃腸はとっくに壊れていた。だから、無限に詰めこむことができたのだ。

ごちゃ混ぜになった吐物の真ん中に、紫色の海藻に包まれた銀色が鈍く光っていた。チカチカとくすんだ光を反射している。

「あっ。あった、あったぁ！　フンゴウキ、やっぱりここにあったぁ！」

声帯が勝手に震えて声が出た。低くはあったが弾んでいて、それはゆかりの声のようで、まるで内臓がまだ自分のものであるかのようだった。

ようやく見つかった。吻合器はやはり腹の中にあったのだ。あの時、腹に穴を開けるだけの手術で癌が取りきれた時、本当のところ、外科医の私はメスで腹を切り裂きたかったのかもしれない。だから、自分も知らないうちに、吻合器を口に含んで飲みこんだのかもしれない。

そうして吻合器を探すために患者の腹を切り裂くことになった時、私は密かに喜んでいたのかもしれない。だから、今まで私は許されなかったのだとしたら。そして今、それを認めて吐きだしたのだとしたら、これで、私はもう――

ぷかぷかと野菜や肉が浮かぶ便器に手を突っこんで、吻合器を摘まみあげた。しかし、それは二日前に食べた青魚の皮がじゃがいもに張りついただけのものだった。偽物の吻合器から胃酸の匂いはせず、消毒の匂いがした。

ガラゴロ……ガラゴロ……ガラゴロ……ガラゴロ……ガラゴロ……

換気扇から漏れる機械音が空になった胃に響く。

ふふふふ。誰かの笑い声を聴きながら、私がボタンを押してトイレを流した。食物が渦を巻いて、彼方へと吸いこまれていった。不思議なことに、私の中に沈むものはなく、むしろ一つの確信が湧きあがっていた。

私はこの数年間で最も寝ていない人間である。地上のどの人間より長い時間、重力に抗って背骨を立て続けた人間である。地球の自転周期から生じた、二十四時間で一つの睡眠と一つの覚醒という肉体生理のシステム。それに縛られ、繰り返すことを運命づけられた人間の生。私は二日や三日、四日連続で起きて働き続けることで、その繰り返しを自覚することとなり、結果、その巧妙な束縛を打ち破ることになったというのなら。

私は内臓に見捨てられたのではない。私は内臓から解放されたのだ。いまや、私はもっとも進化した人間である。あらゆる臓器から解放され、睡眠と覚醒を、過去と未来を、あらゆる二元性を統合した人間である。人間は前後か、上下か、左右か、どの方向かに、引き裂かれなければならない。誰しも一度は真っ二つに裂かれて、そして、再び統合されなければならない。そうでなければ、永遠に未完成だ。

そう声高に語る声に耳を傾けているうち、私は昂《たか》ぶっていった。語っているのは間違いなく私で、しかし、その声を聴いて昂ぶっているほうこそ、もっとも貴《とうと》い私に違いなかった。

思い出せなかった般若心経の一節がおのずから浮かびあがる。それは寝ている時も醒めている、統合された者の言葉だからだ。

カチャカチャという手術器具の音と、誰かの声がかわるがわる聞こえてきた。頭頂にむずむずとした喜びの予感がする。無上の喜びだと思った。空洞になった体ではなく、それは私自身に降りてくる気がした。

もし、あの背骨の熱が罪ではなく、炙られることで私自身が生まれ変わったというのなら。眠れなくなったのではなく、途切れなく私が続くことになったというのなら。監視されていたのではなく、見守られていたのなら。聞こえる声が死者の声だけではなく、生者の、私が救ってきた人間の声も含まれるなら。——私は聖なる人間である。

自らの、心を殺し、欲望を殺し、本能を殺し、あらゆる自分を滅して、かわりに救った命は数千をゆうに超える。自我と内臓を捨て、地球の自転の束縛を越え、睡眠と覚醒の狭間に入ったのなら、それは聖人だろう?

過去と未来が同時にわかるのも、無知から来る快感に満足できなくなったのも、死者の顔が見え、姿なきものの声が聞こえるのも当然だ。

あはははははは。

不気味な嗤《わら》い声がトイレに響いた。その嗤いは自分の腹から発せられていた。横隔膜は痙攣するように連続的に収縮して、地響きのような声が生じる。身震いが起こった。両手が耳を塞ぐと、なお一層、嗤い声が自分の体内に不気味に響きわたる。

聖人なら、しかし、なぜこんなにも苦しいのか。

喜びはいまだ予感だけで実際に降りてこない。不可解だった。何かを間違えたのだろうか。私がすでに正気ではないのはたしかだが、それはもうずいぶん前からで、それに狂人の全てが間違っているわけでもない。

ただ、何を間違えたのかわかったところでもう遅い。進化と退化、昇華と堕落、それらを繋ぐ梯子《はしご》である背骨はもう壊れて、先ほど喉から脊髄を丸ごと体外に吐きだし、流してしまった。中身を失った背骨は力なくよじれて、元には戻らない。

嘆くしかなかった。なぜ患者を救った報いは来ず、救うために背負った罪だけが降りかかってくるのか。なぜ快感は体で、苦しみは私なのか。なぜ内臓は祝福され、私は惨めなのか。なぜ無知で病んだ彼らは嗤い、覚めた私は悲しむのか。

もし……。もし死が、横たわる自分を天井から見つめるだけのもので、死んだ自分を見つめる自分の側にいつも苦しみがあるのだとしたら……。死んでも私は救われない。この苦しみは永久に続く。

私は叫んだ。しかし、声は出なかった。声帯はどうやっても震えない。声帯も内臓なのだとしたら、私は私という存在自体を震わせて音を発しなければならなかった。

嘲笑うように、内臓ばかりが音を鳴らす。私は内臓を持たずに在るものの響きを待った。その響きの持ち主は誰でもいい。私も誰かも、今では同じになる。

いくらも経たないうちに、私の頭の天辺がゆるやかに割れはじめた。まるでかつての頭が蕾《つぼみ》のごとく未完成だったように、いくつもの重なり合う花びらが次々にめくれては頭頂から開いていく。一枚めくれるたびにいくつもの顔が浮かばれていった。全ての顔が上方へ散っていくと、頭は完全に開いた。

上向きに開いた私から、放物線状の空間が生まれる。空間は音もなく上方へと拡がっていった。私はその様子をつぶさに眺めた。背骨の捻じれた瘦せぎすの体で、上から吊られるように力みなく、トイレの床に直立する人間を真下に置いて、空間は留まることなく拡がっていく。

全てが遠のいていった。音も何も届いてこず、その空間は完全な静寂にある。空間の中は完全に空っぽで何も含まれていない。内臓も、一つも入っていない。

背骨に振動を感じた。脊髄が吐き出されて、ようやく空になった背骨の中でその振動が増幅されていく。魔除けの弓が鳴るような無音が感じられる。

充分に増幅されると、頭頂から受け手のいないその空間に向けて、振動が放射された。果たして、空間がその振動で満たされていくのか。私はただ、ぼんやりと見つめていた。

朝比奈秋（あさひな・あき）
1981年京都府生まれ。医師として勤務しながら小説を執筆し、2021年、「塩の道」で第７回林芙美子文学賞を受賞しデビュー。2023年、『植物少女』で第36回三島由紀夫賞を受賞。同年、『あなたの燃える左手で』で第51回泉鏡花文学賞と第45回野間文芸新人賞を受賞。2024年、「サンショウウオの四十九日」で第171回芥川龍之介賞を受賞。他の作品に『私の盲端』など。

初　出
「文學界」2023年12月号
（雑誌掲載版から大きく改稿を施した）

カバー
撮影・新潮社写真部（青木登）

受《う》け手《て》のいない祈《いの》り

著　者　朝比奈《あさひな》 秋《あき》

発　行　2025年3月25日

発行者　佐藤隆信
発行所　株式会社新潮社
〒162-8711 東京都新宿区矢来町71
電　話　編集部 03-3266-5411
　　　　読者係 03-3266-5111
https://www.shinchosha.co.jp
装　幀　新潮社装幀室
印刷所　錦明印刷株式会社
製本所　大口製本印刷株式会社

ISBN978-4-10-355732-6 C0093

サンショウウオの四十九日　朝比奈　秋

あの子だけはどうやったって、わたしをのけ者にできないのだな——同じ身体を生きる姉妹、その驚きに満ちた普通の人生を描く、世界が初めて出会う物語。芥川賞受賞作。

東京都同情塔　九段理江

寛容論に与しない建築家・牧名沙羅は、犯罪者に寄り添う新しい刑務所の設計図と同時に、正しい未来を追求する。日本人の欺瞞をユーモラスに暴いた芥川賞受賞作！

海を覗く　伊良刹那

海を見た人間が死を夢想するように、少年は彼に美を思い描いた——同級生の「美」の虜になった高校生、その耽美と絶望を十七歳が描く新潮新人賞史上最年少受賞作。

狭間の者たちへ　中西智佐乃

痴漢加害者の心理を容赦なく晒す表題作と、介護現場の暴力を克明に描いた新潮新人賞受賞作を収録。目を背けたいのに一文字ごとに飲み込まれる、弩級の小説体験！

息　小池水音

息をひとつ吸い、またひとつ吐く。生のほうへ向かって——。喪失を抱えた家族の再生を、一息一息を繋ぐようにして描き出す、各紙文芸時評絶賛の胸を打つ長篇小説。

荒地の家族　佐藤厚志

あの災厄から十年余り。妻を喪い、仕事道具もさらわれた男はその地を彷徨い続けた。仙台在住の書店員作家が描く、止むことのない渇きと痛み。第１６８回芥川賞受賞作。